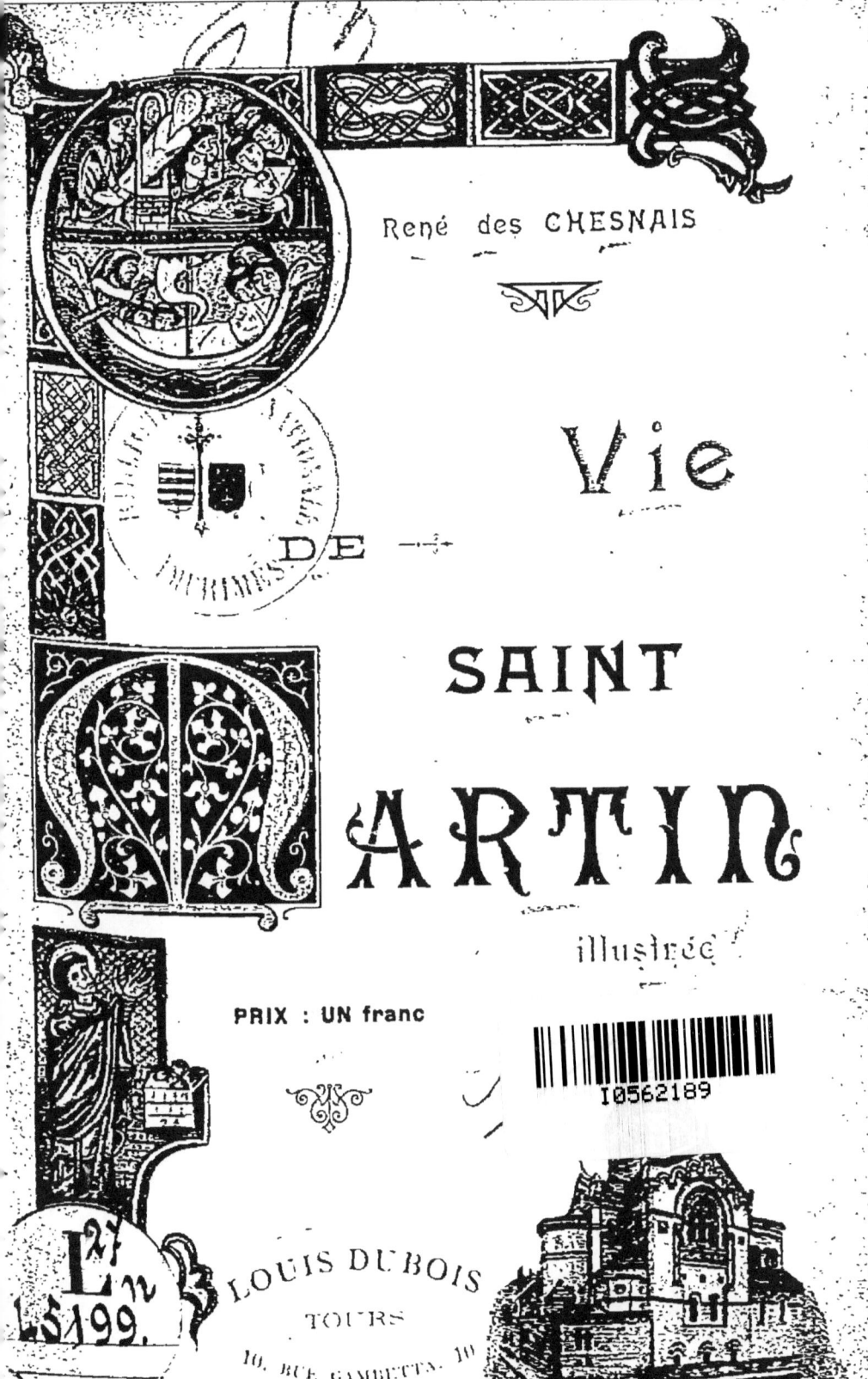

René des CHESNAIS

Vie

DE

SAINT

MARTIN

illustrée

PRIX : UN franc

I0562189

LOUIS DUBOIS

TOURS

10, RUE GAMBETTA, 10

René des CHESNAIS

VIE

DE

SAINT MARTIN

ILLUSTRÉE

Louis DUBOIS

IMPRIMEUR-ÉDITEUR

10, RUE GAMBETTA, 10

TOURS

SAINT MARTIN EN PAGE HENRI II
(Statue en bois, église de Bussy-Saint-Georges).

A Sa Grandeur Monseigneur RENOU,
archevêque de Tours.

MONSEIGNEUR,

Je prie Votre Grandeur d'agréer l'hommage de ces quelques pages, hâtivement écrites, sur la vie du plus glorieux de vos prédécesseurs.

De droit, elles appartiennent à l'histoire de votre apostolat. Car, en vous appelant à présider le quinzième centenaire de la mort de saint Martin, Notre-Seigneur Jésus-Christ a voulu que vous complétiez avec éclat ce laborieux pèlerinage où, de la paroisse d'Amboise à la métropole de Tours, vous avez, par la route d'Amiens, mêlé si heureusement les étapes de votre zélé et fécond ministère aux réconfortants souvenirs du grand Apôtre des Gaules.

Veuillez, je vous prie, Monseigneur, bénir l'auteur de ce petit volume très imparfait, et lui faire l'honneur de le compter au nombre de vos fils les plus respectueusement soumis et dévoués.

RENÉ DES CHESNAIS.

Tours, le 25 Octobre 1897.

ARCHEVÊCHÉ

DE

TOURS

—

MONSIEUR L'ABBÉ,

Je vous remercie d'avoir bien voulu m'aider à travailler à la gloire de Dieu en glorifiant un de ses plus grands serviteurs.

Vous aurez puissamment contribué à vulgariser la

vie et les vertus de saint Martin. Vous avez reproduit les diverses phases de son existence en une série de tableaux charmants. Votre style rapide, imagé, captive et entraîne le lecteur. Quand il aura commencé, soyez sûr qu'il ira jusqu'au bout.

Je prédis à votre ouvrage un réel succès.

Aussi, Monsieur l'abbé, me permettrez-vous d'ajouter à mes remerciements mes sincères félicitations.

Je bénis bien volontiers l'ouvrage et son auteur.

Tours, le 1ᵉʳ Novembre 1897.

† RENÉ-FRANÇOIS, Arch. de Tours.

IMPRIMATUR

die 1 nov. 97.

† RENATUS-FRANCISCUS, Arch. Turon.

CHAPITRE I

UNE VISITE A POITIERS
(347)

———

LE CHRISTIANISME A POITIERS. — L'ÉVÊQUE MAIXENT. — LE PATRICIEN HILAIRE. — VISITE DE L'ARCHEVÊQUE DE TRÈVES. — LE SLAVE MARTIN. — L'HÔTE D'HILAIRE.

Avec ses anciennes maisons. ses abords grimpants. ses restes curieux de monuments détruits. et son embrouillée de rues tortueuses et rustiques. Poitiers a gardé. à travers les âges. une couleur particulière de vieillerie résistante et vivace. Ce n'est pas la mine attristée des choses mortes. le mélancolique aspect des ruines. Sur les pentes du coteau où elle s'est négligemment assise au hasard des plis du rocher. la ville. grise et morne à l'intérieur. a. vue du dehors. une physionomie peu banale, et se présente. irrégulière et capricieuse. dans un cadre pittoresque de vertes collines et de joyeuses rivières.

Sous le soleil des beaux matins d'été, ses

toits et ses murs mal alignés prennent, du
côté où coulent à ses pieds les eaux du Clain,
un air de jeunesse qui contraste avec l'apparence usée et décrépite de l'ensemble. On
dirait une de ces vieilles et vigoureuses paysannes poitevines, à la figure parcheminée
qui, les dimanches, s'en vont, en grande
coiffe blanche, à l'office paroissial, toutes
pimpantes de leur toilette de fête, et alertes
encore, et bien vivantes, malgré les années
et les rides.

Je ne sais quelles étaient, il y a quinze siècles, l'étendue et l'importance matérielle de
l'ex-capitale des Pictaves. Mais, j'imagine que
la cité gallo-romaine devait, avec plus de fraî-
cheur et moins de bâtisses, avoir déjà, dans
son allure escarpée et sa tenue cahoteuse,
quelque ressemblance initiale avec le chef-
lieu actuel du département de la Vienne.

Je la suppose alors plus mouvementée
qu'aujourd'hui. Placée sur la route de Bordeaux à Tours et à Paris, elle arrêtait certai-
nement au passage les voyageurs armés et les
inoffensifs pèlerins, ceux qui cheminaient
pour leurs affaires ou leurs plaisirs, et de-

vait être l'une des hôtelleries où s'attablaient
successivement soldats, gens du fisc, mar-
chands et vagabonds.

C'était une ville lettrée. Car, ses relations
fréquentes avec sa voisine artistique et savante des bords de la Garonne l'avaient tein-
tée de littérature. Elle recevait comme un
reflet de l'académique Bordeaux, dont les cé-
lèbres écoles et les maîtres fameux avaient
une haute renommée dans toute la région
comprise entre les Pyrénées et la Loire.

Visitée de bonne heure par les missionnaires de l'Évangile, la population de Poitiers était, vers le milieu du ive siècle, presque toute chrétienne, tandis que les campagnes environnantes restaient encore en partie attachées au paganisme. Dans la ville
même, la foi avait fait moins de progrès dans
les milieux aristocratiques que parmi les
classes plébéiennes ; et plusieurs familles
importantes, par morgue ou par routine, se
tenaient obstinément à l'écart des croyances
nouvelles.

Deux hommes de grand mérite étaient, à
cette époque, à la tête de la société chré-

tienne de Poitiers. L'un était l'évêque
Maixent; l'autre, un jeune patricien, nommé
Hilaire.

Tous deux étaient Poitevins.

Maixent, usé par un laborieux épiscopat
plus que par les années, achevait, dans un
dernier effort de travail, une existence toute
de vertu et de dévouement. C'était une belle
figure de pontife, austère et grave. Il vivait
en dehors du mouvement général et des
affaires politiques, entièrement absorbé par
les fonctions d'un ministère difficile.

Hilaire n'avait guère plus de trente ans,
et n'était chrétien que de date récente. Riche,
noble, gâté par la nature et la fortune, il
s'était adonné aux études, dès son enfance.
Doué d'une remarquable intelligence, il avait,
avant vingt ans, fouillé déjà l'érudition
léguée par les penseurs anciens, et s'était facilement assimilé toutes les connaissances de
la science contemporaine. Très instruit dans
la philosophie païenne, formé aux ingénieux
artifices et aux élégances de l'habile rhétorique en vogue, il avait épuisé tout ce que
la raison humaine pouvait lui fournir. Les
problèmes les plus ardus, les doctrines les

ÉPISODES DE LA VIE DE SAINT MARTIN

1. Apparition du diable
   à saint Martin.

2. Le faux Christ.

3. Le bouvier.

(Bibl. de Tours. Ms. 1018).

plus profondes, les questions les plus complexes avaient tour à tour enchaîné son impatiente curiosité et fatigué la persévérance de ses recherches. De toutes ces choses vaines, incomplètes, illusoires, il n'avait, au bout de ses méditations fiévreuses, recueilli que le dégoût, la lassitude, le besoin d'un au delà meilleur et plus haut.

Marié à une femme charmante, père d'une fillette qu'il chérissait, il avait trouvé dans la joie des pures affections de la famille une pâture pour les tendresses de son cœur, mais non un repos pour les inquiétudes de son esprit. L'invisible et l'incompris continuaient à le tourmenter. Le mystère insondable de la divinité, de l'âme, de la vie future, du bien et du mal, obsédait sa pensée et décourageait douloureusement l'effort, sans cesse renouvelé, de son impuissante étude.

La Providence le rapprocha de Maixent. Le vieillard, blanchi au service de Dieu, fut pour le docte païen un initiateur et un guide. Hilaire fut séduit par la lecture des Livres sacrés. La majestueuse envolée de l'Ancien Testament fascina son imagination de poète. Les suavités sublimes de saint Jean achevèrent la conquête de sa raison éblouie; et il se prit d'amour pour les doctrines merveil- leuses qu'il épelait, écolier ravi, dans les pages de l'Évangile. La lumière brilla dans son âme, enfin épanouie et reposée; et, désormais croyant, il adora, dans son incom- parable beauté, la divine personnalité du Christ.

Le baptême le transforma et le fit apôtre. Sa foi rayonnante s'épandait autour de lui sur sa famille, sur ses amis, sur tous ceux qui le voyaient et l'entendaient.

La conversion de sa femme et de sa fille Abra compléta la révolution de sa vie, en christianisant son foyer. Sa maison fut un sanctuaire intime où s'abrita, dans la paix, la pratique quotidienne de l'Évangile.

Avec son sang aristocratique et sa culture intellectuelle si soignée, Hilaire représentait le produit hors concours d'une civilisation raffinée. Agréable, correct, éloquent, artiste, il sentait le grand seigneur et le personnage de marque. La grâce divine, en tuant en lui les préjugés païens, avait laissé subsister la distinction de l'homme du monde. Ses études encyclopédiques lui avaient fait comme une

auréole de science. Ce n'était pas un décla-
mateur, ni un rhéteur ; mais, il y avait en lui
quelque chose du philosophe et de l'acadé-
micien. Sa parole abondante et facile, sa
phrase colorée, ses manières aisées, ses
façons de gentilhomme de race, le posaient.
dans tout cercle où il se montrait, immédiatement au premier rang. Une sorte d'atmosphère de grandeur et de dignité l'entourait.
qui commandait la déférence. La finesse de
sa conversation mettait un goût d'atticisme
aux choses qu'il disait. Son langage. souvent
très élevé, et qui prenait volontiers une
tournure allégorique et une éclatante richesse
de style. captivait l'attention.

D'autre part, le charme de sa personne, le
prestige de son savoir, l'honorabilité de son
passé, la sincérité transparente de ses convic-
tions, lui donnaient une indiscutable autorité et lui assuraient partout le respect.

C'était, à la fois. par l'esprit, un dialec-
ticien grec dans la grâce athénienne. et.
par le cœur. un franc chrétien de Gaule
dans l'ampleur de l'élégance patricienne.

Il devint le confident de Maixent. Le vénérable prélat recherchait l'amitié de ce néo-

phyte de choix, dont il pressentait peut-être
secrètement la haute destinée et les gloires
futures. Il l'intéressa à ses œuvres pastorales,
l'associa à ses labeurs, le prépara peu à peu
à un prochain sacerdoce. Hilaire reporta sur
la Bible et les questions du dogme catholique l'activité studieuse qu'il avait auparavant appliquée aux études profanes. Son
influence, déjà considérable sur ses conci-
toyens, s'accrut de toute la force que le zèle
évangélique ajoutait, en les surnaturalisant,
aux aspirations de son intelligence. Sa ma-
gistrale réputation d'érudit et d'écrivain grandit chaque jour ; et il fut, dès lors, le chef
incontesté du parti chrétien dans le Poitou.

On était aux premiers jours d'été de l'année 347, quand un événement, d'apparence
insignifiante, vint apporter à l'apostolat
naissant d'Hilaire le concours inattendu du
plus précieux collaborateur.

Un matin, un message parvint à Maixent,
lui annonçant la prochaine visite de son
frère Maximin, archevêque de Trèves.

Quelques semaines après, Maximin arrivait
à Poitiers. Il n'était pas seul.

Avec lui se trouvait un jeune homme que l'archevêque paraissait affectionner fort, et qu'il présenta à Maixent comme son fils adoptif et le fidèle compagnon de ses travaux. A côté du pontife aux cheveux blancs, à l'allure fatiguée, à la démarche lente, le jeune étranger, en un contraste saisissant, avait, sous son poudreux manteau de voyageur, la mine dégagée et l'air martial d'un soldat. Il avait, en effet, servi pendant près de dix années dans l'armée impériale. C'était un slave. Il s'appelait Martin.

Petit, maigre, nerveux, avec des traits irréguliers, une certaine incorrection dans l'ensemble extérieur, et une rusticité de dehors qui trahissait l'importation danubienne, Martin, dès le premier abord, forçait l'attention. Sa figure, hâlée par les duretés d'une vie aventureuse, dénonçait la franchise et rayonnait l'intelligence. Dans ses gestes, dans sa parole, dans son accent exotique, s'affirmait la puissante originalité d'une nature neuve et qui est restée elle-même. Ses yeux, d'une extrême vivacité, avaient, quand ils se fixaient sur quelqu'un, un regard d'une pénétration troublante, et semblaient lire au fond des consciences. Il y avait, dans la physionomie extraordinaire de ce quasi barbare, un étonnant alliage de force contenue et d'indicible bonté, un étrange relief de secrète énergie et d'expressive douceur, qui se fondaient et s'harmonisaient dans ce je ne sais quoi d'indulgent et de virginal qui est le reflet et le signe certain d'une âme supérieure.

Hilaire se sentit immédiatement attiré vers cet étranger. Quelques instants d'observation suffirent à son œil perspicace pour deviner, sous une enveloppe presque vulgaire, un caractère d'élite et un tempérament de héros.

Martin, d'ailleurs, n'était pas tout à fait un inconnu dans le Poitou. Dans l'échange fréquent des lettres entre l'archevêque de Trèves et l'évêque de Poitiers, il avait été plus d'une fois question du jeune Slave. Depuis six ans qu'il avait abandonné le service militaire, Martin n'avait point quitté Maximin, dont il habitait la maison et partageait les sollicitudes; et l'éloge que ne cessait d'en faire le métropolitain des Gaules témoignait de l'exceptionnelle estime où il tenait l'ancien soldat.

La connaissance fut donc vite complétée entre Hilaire et Martin. Entre ces deux grands cœurs, la sympathie ne pouvait qu'être réciproque. Ils eurent bientôt l'un pour l'autre une vive amitié et devinrent inséparables.

Maximin était l'hôte de l'évêché. Il aurait désiré garder près de lui son compagnon de voyage. Mais, Hilaire insista pour avoir le Slave chez lui.

CHAPITRE II

LE PASSÉ DE MARTIN

(317-347)

ENFANCE DE MARTIN. — L'ÉCOLIER DE PAVIE. —
DANS L'ARMÉE. — LE MANTEAU D'AMIENS. —
DÉMÉTRIUS. — LE CAMP DE WORMS. — CHEZ
L'ARCHEVÊQUE DE TRÈVES.

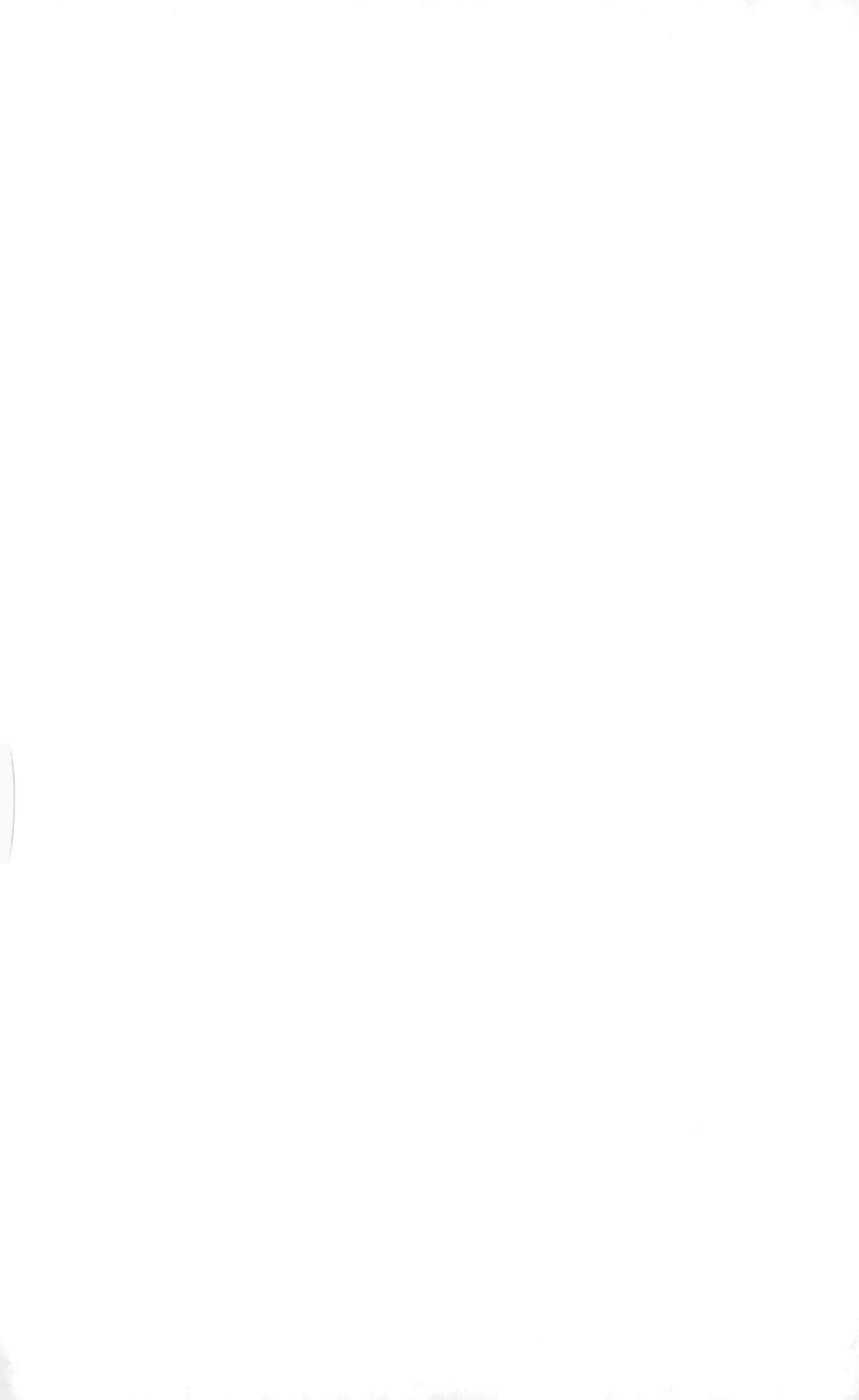

Ce n'était pas un type banal, ce Pannonien moitié soldat et moitié paysan, mal façonné aux formes policées et aux usages des cités, transporté ainsi des pays d'outre-Rhin dans une villa patricienne du Poitou.

Jamais fruit sauvage, cueilli à quelque branche agreste, n'a mieux gardé la saveur des bois. Sur le territoire éloigné où, en 317, il était né au village de Sabarie, par delà le massif épais de la Styrie, Martin avait poussé au grand air et en pleine liberté.

Dans le val étroit de la Pannosa, il avait éclos, comme un oiseau des montagnes au creux du rocher. Sur les pentes voisines, chargées de forteresses et de défenses mili-

taires, il avait essayé, en des escalades témé-
raires, les premiers efforts de ses muscles
d'enfant. Dans le cottage paternel, la paix de
la solitude champêtre avait inspiré ses
ébauches de rêves naïfs, et bercé les nais-
santes ambitions de son imagination.

Quelques années passées dans une école
de Pavie, où il n'étudia guère, n'avaient
point défloré son originalité primesautière
d'enfant des bois. De ces classes rudimen-
taires et superficielles, qui l'ennuyaient, il
prit surtout, pour toute sa vie, le dégoût des
clôtures et des occupations stagnantes.

Sous une écorce frêle, la fibre dont il était
fait était singulièrement robuste. C'était,
avant tout, un résistant. La souplesse de son
esprit et de son corps facilitait, sans l'affai-
blir, la solide vigueur de son tempérament.

Sa vraie éducation s'acheva au milieu des
camps, au son des trompettes militaires. Fils
d'officier supérieur, il suivit son père dans
les garnisons de frontières et les avant-postes ;
et il grandit entre les faisceaux d'armes et
les aigles romaines.

Le Martinsberg (près Sabarie) lieu de naissance de Saint-Martin
Église et Monastère actuels.

Sa famille, comme celle d'Hilaire, était
païenne ; et rien, ce semble, dans les influ-
ences ambiantes, ne devait orienter le jeune
Martin vers le christianisme. Cependant, au
contraire du noble Poitevin qui, péniblement, avait louvoyé dans les recherches
laborieuses et les doutes, le Slave inculte,
du premier essor de son cœur, devina
la foi du Christ. A dix ans, il s'impro-
visa lui-même chrétien ; et, trompant la vigilance de ses maîtres, il s'échappa de l'école
et alla s'inscrire, dans une église de Pavie,
sur la liste des catéchumènes.

L'école buissonnière l'avait, d'un seul coup
et tout droit, conduit au bon chemin où s'at-
tarda si longtemps la sagesse du docteur.
D'ailleurs, le goût de l'école buissonnière,
si tôt satisfait et si bien récompensé, était
fortement ancré dans le fond de ce nomade
d'instinct. Il fut, jusque dans sa vieillesse, un marcheur infatigable, un pèlerin
de vocation, un chevalier errant. Bâti pour
la lutte et la course, apte à tous les exercices
physiques, flexible et adroit, insouciant du
confort et dédaigneux de la mollesse, il vécut
pour l'action et par l'action ; et le sang bouil-

lant, qui chauffait ses veines, le poussa irré
sistiblement dans le mouvement perpétuel
et les incessantes pérégrinations.

Il étouffait dans l'enceinte maussade des
villes. Sa passion était pour la campagne,
l'air libre des plaines ensoleillées ou des
crêtes abruptes. Réfractaire à tout ce que la
civilisation a d'artificiel et de convenu, il ne
se trouvait à l'aise qu'en dehors des milieux
réglementés. Il lui fallait les rives vivantes
le long desquelles couraient des torrents ou
des ruisseaux, les dérobées ombreuses des
profondes forêts, les coins mystérieux cachés aux échancrures des vallées, les prairies
couvertes de fleurs qui sentaient bon, les
taillis pleins d'oiseaux qui chantaient Dieu.

A douze ans, il tentait de se soustraire à
une tutelle intolérable, et s'enfuyait, dans les
champs de la Lombardie, en quête d'une
retraite bien éloignée du monde, où rien ne
viendrait troubler ses songes heureux et
étrangler sa liberté.

C'est bien malgré lui qu'on le fit soldat. La
passivité inconsciente de la routine régimen-
taire était impossible à ce caractère mo-

bile et spontané. Son père, vieux militaire,
chargé d'un haut commandement, n'admet-
tait point pour son unique fils une autre
carrière que celle des armes. Désespérant de
vaincre la volonté paternelle et ne pouvant
se résoudre à sacrifier son indépendance,
Martin essaya une troisième fugue et disparut.

On lança des cavaliers à sa poursuite. Il
fut arrêté, enchaîné, ramené de force, jeté
dans un cachot, et immatriculé dans la milice
palatine. Il n'avait alors que quinze ans.

Revêtu, malgré lui, de l'uniforme militaire, l'enfant de troupe en prit son parti
bravement. Il se plia de son mieux à la corvée qu'on lui imposait, bien résolu, toutefois, à s'en affranchir à la première occasion
favorable.

En attendant l'heure opportune de la déli-
vrance, il fit consciencieusement son métier,
non sans saisir au passage, çà et là, chaque
fois qu'il le put, quelques bribes de sa liberté
perdue. Le plus possible, entre deux exercices
réglementaires, il s'écartait des campements
ou des bastions, et s'en allait, rêveur, courir
les champs et emplir ses poumons avides des

suaves senteurs des bois et des brises forti-
fiantes des horizons sans murs.

Incorporé à dix-neuf ans dans les lanciers
de la garde impériale, il promena, à la suite
de l'empereur, sa vagabonde humeur et son
cheval hongrois, des bords du Danube aux
rives de la Somme.

Dans cette âme ardente, Dieu avait enfoui
un trésor de générosité, de bonté et d'amour.
Sous l'efficace rayon de la grâce, ces germes
de sainteté se développèrent magnifiquement,
et devaient s'épanouir en une superbe florai-
son.

La rude discipline du régiment, à laquelle
s'assujettissaient difficilement ses goûts et ses
habitudes, ordonna, sans en rien détruire,
la vivacité et l'initiative qui caractérisaient
sa nature. Il accepta la monotone existence
du troupier comme une épreuve, et en fit
un apprentissage d'une carrière plus belle
que projetaient ses secrètes ambitions. Dans
les fastidieux détails du service, il s'essayait
à la pratique des commandements divins. Il
esquissait à grands traits quelques linéa-
ments du sublime modèle qu'il s'était choisi.

Son unique maître était le Christ. A lui seul, dans le fond de son cœur, il obéissait. Le reste ne comptait pas.

Il fut. dans l'armée, un type à part, un soldat d'exception. ne se mêlant point aux passe-temps de caserne. s'abstenant des divertissements où se plaisaient les jeunes gens de son âge. Sans jamais se dérober aux exigences journalières du métier militaire, il sut se créer une sorte d'indépendance, une vie personnelle. pure et nette, au milieu du tumulte des campements et de la corruption des garnisons. Austère à côté de la débauche, désintéressé en face de cupidités effrénées. d'une probité que ne tentait aucune convoitise, d'une fermeté où se heurtaient vainement les plus tenaces sollicitations. il resta, sans un seul moment de défaillance. irréprochable, loyal. esclave du devoir, fidèle à l'honneur. chrétien par la vertu avant de l'être par le baptème.

Bon camarade. d'ailleurs. de joyeuse et avenante compagnie. indulgent aux faibles, dévoué pour tous, brave, entreprenant. actif, il conquit toutes les sympathies par sa franchise, sa douceur, sa cordialité et son entrain.

Quand, aux abords du Rhin ou **dans la banlieue** d'Amiens, **il s'en allait** en patrouille ou
parcourait, en rondes d'inspection, les lignes
des postes avancés, certes, on eût juré, en le
voyant chevaucher en tète du peloton d'éclaireurs pannoniens, que ce hardi cavalier, au
teint basané, à la désinvolture dégagée, à
peine drapé dans son léger manteau, et de si
fière mine avec sa longue lance et son cheval
sauvage, était né pour les armes et avait dans
le corps et le sang l'instinct de la guerre et
la fièvre des conquêtes.

Et pourtant, Martin portait avec ennui
et écœurement son épée et son casque.

Assurément, il avait l'àme d'un guerrier
et, à un haut degré, les qualités maîtresses
des conquérants. Mais, la guerre était meilleure et les conquêtes plus durables, dont il
ambitionnait la gloire. Il ne se sentait pas
fait pour ces parades officielles qui, dans la
paix, le traînaient en laquais, avec l'escorte
impériale, d'un bout à l'autre des provinces
romaines. Il y avait mieux que ces inutiles
gardes de frontières, en face de hordes barbares toujours menaçantes, dont l'or de l'empereur achetait, **sans combat**, les trèves oné-

Amiens.

reuses et déshonorantes. Il n'était pas soldat
pour suivre, en leurs luttes fratricides, les
mêlées sanglantes où, tour à tour, les légions
révoltées jouaient le sort de l'empire et déci-
daient, entre un égorgement de prince et un
pillage de ville, du choix éphémère d'un
César d'aventure.

Ce qu'il aimait, c'était le Christ; et il l'aimait uniquement au monde. Son cœur, incapable de se partager, s'était donné, sans res-
triction, à ce Maître adoré; et c'était lui, et
lui seul qu'il voulait servir. Il le cherchait
partout. Il avait soif et faim de lui. Et, si
tant lui plaisaient les campagnes, c'est qu'il
y trouvait mieux la présence de son Dieu,
loin des impiétés humaines; c'est que, dans
le cadre virginal des forêts ou des montagnes, il était plus près du Roi éternel qui
les a créées.

Combattre, il le désirait; conquérir, il le
demandait. Mais, ce combat et ces conquêtes
qui tentaient son courage et allumaient ses
impatiences, c'étaient le combat pour le
Christ, et la conquête de son règne.

Notre-Seigneur a dit : « Je ne serai pas
toujours là; mais les pauvres y seront tou-

jours. » Il a dit encore : « Ce que vous ferez
au moindre de vos frères, c'est à moi que
vous le ferez. »

Et Martin, qui savait servir son Maître, le
servait dans les malheureux. dans les aban-
donnés, dans les misérables que le monde
égoïste méprise, écarte et rejette. Sous l'enveloppe hideuse de l'indigent en haillons,
son regard passionné découvrait la splendide
beauté du Christ. Nous nous agenouillons
devant des figures de Jésus en bois, en pierre
ou en or. Mais, lui. le Slave chrétien, il
s'agenouillait devant les loques poussiéreuses
qui pendaient aux épaules d'un lépreux ou
d'un infirme, sachant que. dans cette chair
flétrie, le Seigneur a caché avec amour sa
royale et vivante image.

Aussi, sa bourse, jetée à toutes les aumô-
nes, était-elle constamment vide. Mais, son
propre dénuement ne décourageait pas sa
libéralité; et, n'ayant plus rien, dans son in-
génieuse charité, il trouvait encore de quoi
donner.

Un froid matin d'hiver et de gelée, il rentrait à cheval dans la place forte d'Amiens. Au bord du chemin, un pauvre hère, presque nu, grelottait sous la bise. Martin l'aperçoit. Son bon cœur n'hésitait jamais. Il prend son épée, coupe en deux son manteau, en donne une moitié au mendiant, s'enveloppe lui-même dans l'autre morceau, et regagne, sans plus y penser, le quartier de cavalerie.

Dans son sommeil, la nuit suivante, Jésus lui apparut, escorté par des anges, et couvert du morceau du manteau si généreusement abandonné au pauvre. « Cet habit, dit le Seigneur, c'est le catéchumène Martin qui m'en a revêtu. »

L'impression fut vive et profonde dans l'âme du charitable lancier, de cette vision du Christ. Il avait alors vingt ans, c'était en 337. Plus que jamais, le fervent catéchumène fut épris de son Maître, et désireux de se consacrer entièrement à lui. Il se prépara au baptème, qu'il reçut dans l'église de Thérouanne l'année suivante, aux fêtes pascales.

Martin avait au régiment un ami, nommé Démétrius. C'était son ordonnance. Avec son sens chrétien et sa native bonté, il avait, dès

le premier jour, traité ce serviteur, non
comme un subalterne, mais comme un frère.
Tout fut commun entre eux. Jamais camarades ne partagèrent plus impartialement
plaisirs et joies, fatigues ou délassements, la
bonne et la mauvaise fortune. Jamais égalité
pareille et plus complète rivalité de dévouement réciproque ne se rencontrèrent entre
compagnons; et, s'il y eut une différence, elle
fut que, souvent. Martin, toujours prompt à
bien faire, devançait le zèle de son domestique et le servait plus fréquemment qu'il
n'en était servi. Il l'associa à sa foi, à ses au-
mônes, à ses projets d'avenir. Il l'emmena
dans ses promenades rèveuses, lui fit comprendre, adorer Dieu dans la nature. Il lui
montra le Christ dans le prochain souffrant,
dans l'être humain faible, abject. dédaigné.
Il lui fit aimer ce qu'il aimait lui-même.
avant tout son Maître Jésus, et les pauvres
en qui revit Jésus. et la pure atmosphère.
saine à l'âme et au corps, des libres campagnes, où rien des mensonges du monde ne
se met entre Dieu et nous.

En 341. Martin avait vingt-quatre ans. Il

pensa avoir suffisamment satisfait aux volontés de son père et largement rempli ses devoirs militaires. Il demanda son congé définitif.

L'armée impériale était alors campée sur les bords du Rhin, aux environs de Worms. Les officiers tenaient à ce cavalier sans peur et sans reproche, et le commandant était peu disposé à lui signer sa feuille de route.

Avec son aplomb habituel, le Slave s'adressa directement à l'empereur.

Constant passait une revue générale des troupes. En prévision d'une campagne prochaine, il fut décidé que des largesses seraient faites aux légions. Le jour de la distribution, on procéda à l'appel de tous les soldats. L'empereur présidait.

Quand vint le tour de Martin, l'audacieux lancier se présenta hardiment et dit à Constant :

« Voilà neuf années que je sers sous vos drapeaux. Laissez-moi désormais servir Dieu seul. Distribuez vos présents aux gens qui doivent vous servir encore. Pour moi, je ne puis les accepter, et je n'en veux pas. Car, je suis soldat du Christ, et je ne me battrai plus pour vous. »

Un pareil sans-gène fit scandale.

« On se battra demain peut-être, dit l'empereur irrité. C'est la peur qui te pousse à déserter, et non l'amour de Dieu.

— Je n'ai jamais peur, reprit Martin. Et, pour vous le prouver, mettez-moi demain au premier rang, sans casque et sans bouclier, seul et debout en face des ennemis. Je pénétrerai dans leurs bataillons, au nom du Seigneur, et armé du seul signe de la croix.

— Soit, répondit Constant. Demain, tu exécuteras ta bravade. Tu seras libre ensuite. »

On consigna le téméraire jusqu'au lendemain, avec ordre de le placer sur le champ de bataille, comme il l'avait demandé, en avant du front de bandière.

La bataille, supposée par l'empereur, n'eut pas lieu. L'argent romain avait payé, une fois de plus, la paix des barbares.

Légalement licencié, Martin quitta le régiment, heureux de recouvrer sa liberté. De Worms à Trèves, la distance n'est pas longue. Il courut chez Maximin, le proclama son colonel dans l'armée du Christ où il s'enrôlait pour toujours; et il demeura chez l'archevêque jusqu'au jour où celui ci l'emmena à Poitiers.

CHAPITRE III

L'HOSPITALITÉ D'HILAIRE

(347-355)

VILLA PATRICIENNE. — MORT DE MAXIMIN ET DE MAIXENT. — HILAIRE, ÉVÊQUE. — L'EXORCISTE MARTIN. — SOUVENIRS D'ATHANASE. — LES MOINES DE LA THÉBAÏDE ET DE LA CAMPAGNE ROMAINE. — L'APPEL DE DIEU EN PANNONIE.

La présence de Martin dans la villa du patricien Hilaire jetait dans ce milieu délicat une note quelque peu détonnante. La naïve simplicité et la brusquerie de l'ancien cavalier tranchaient assez fortement sur les habitudes correctes de la noble demeure. Mais, les maîtres de la maison avaient le cœur trop grand pour s'arrêter à ces détails de forme. Ils voyaient dans leur hôte un vaillant serviteur du Christ, un ami de Dieu confié à leur affection, et ils l'aimaient tel qu'il était.

L'âme de cet aventurier du Danube se montrait, d'ailleurs, si loyale et si vibrante, qu'il était impossible de n'y point faire écho. Le contraste, violent au premier abord, de

nature et d'éducation entre le Slave illettré
et cette famille de savant, s'atténuait par
l'accord de la foi et de la piété. L'harmonie
des sentiments, loin d'y perdre, s'y enrichis-
sait plutôt ; et ce n'était pas une intimité
vulgaire, qui réunissait ainsi, dans la communauté des espérances religieuses et de la
vie quotidienne, le rude soldat d'Amiens et
le plus docte des gentilshommes gaulois.

La pensée de Dieu dominait ces êtres faits
pour se comprendre. Le Christ siégeait à la
place d'honneur à ce foyer d'impeccable
pureté où, sous la garde d'une mère émi-
nemment vertueuse, s'épanouissait dans la
grâce une fillette charmante. Il y était vraiment Maître et Roi, comme naguère à Bétha-
nie, au temps où Marthe, Lazare et Made-
leine enveloppaient Jésus de leurs chaudes
tendresses et encadraient de leur propre
beauté la radieuse majesté du Seigneur.

Une épreuve vint bientôt attrister cette
paix. Peu de temps après son arrivée dans
le Poitou, l'archevêque de Trèves mourut à
Silly, son village natal, où il était allé se
reposer. Ce fut une amère douleur pour

Martin, qui chérissait filialement Maximin.

Ce deuil l'attacha davantage à Hilaire. Rien désormais ne l'attirait dans le diocèse de Trèves, où il se serait trouvé comme orphelin. Les instances de son hôte le décidèrent facilement à prolonger son séjour à Poitiers, et même à y fixer définitivement sa résidence.

Très affligé par la mort de son frère, épuisé par les fatigues de sa vie laborieuse, Maixent portait avec peine le lourd poids de sa vieillesse et des charges épiscopales. Il avait besoin d'un auxiliaire, et, dans sa pensée, il se préparait un successeur. Il fit appel au zèle du plus fervent et du plus dévoué de ses fidèles, et confia à Hilaire une part de l'administration diocésaine.

Le patricien était, par ses études et ses vertus, mûr pour le sacerdoce. Il fut ordonné prêtre.

Dès lors, le vénérable prélat, dont les forces déclinaient rapidement, put appuyer ses derniers efforts sur ce coadjuteur jeune et actif, et regarder, sans inquiétude pour la chrétienté poitevine, la mort qui s'annonçait.

Il s'endormit dans la paix du Seigneur, doucement, saintement, dans le courant de l'année 349.

Le choix de son successeur n'était pas douteux; et Hilaire fut aussitôt sacré évêque de Poitiers.

La haute fonction dont se trouvait investi l'ami de Martin ne fit que resserrer l'étroite intimité qui unissait les deux grands chrétiens. L'affection que le Slave éprouvait pour Hilaire se doublait d'une intense admiration de son génie et de ses transcendantes qualités. Il le tenait pour un homme absolument supérieur dont, avec sa candeur ordinaire, il tâchait de recueillir les leçons et d'imiter les exemples. Cet humble ne soupçonnait même pas la merveilleuse richesse de sa propre nature; mais, rien ne lui échappait du mérite et de la valeur d'autrui.

Un des premiers soins du nouvel évêque fut de s'assurer le concours de celui qui, pendant six années, avait été pour Maximin un inappréciable compagnon. Il voulait que Martin reçût le diaconat. Celui-ci s'y refusa. Aucune instance d'Hilaire ne put triompher,

sur ce point, de son obstination. Il se jugeait
indigne et incapable.

Le vernis littéraire était léger, qu'il avait
emporté naguère des écoles de Pavie; et depuis qu'il courait, au vent et au soleil, les
chemins de l'Europe, cette couche superfi-
cielle avait dû sûrement s'en aller en poussière. Cet ignorant s'épouvantait à l'idée de
remplir une fonction sacrée; et quoique
l'influence du milieu poitevin et le contact
de ses hôtes eussent déjà bien modifié la rudesse première du paysan pannonien. Martin
se trouvait encore trop rustre et trop illettré
pour une pareille dignité.

Il consentit cependant, sur la pressante
prière de l'évêque, à accepter la charge
minime d'exorciste. C'était pour lui son
immatriculation officielle dans les régiments
actifs du Christ. Il se sentait honoré et fier
de ce rang modeste dans la milice sainte.
Poste de combat et d'avant-garde, la mission
de l'exorciste lui rappelait, dans un ordre
plus pur, ses anciens services d'éclaireur.
Comme autrefois aux frontières de l'empire.
il avait à opérer maintenant sur les confins
du territoire de l'Église, là même où, au lieu

des barbares prêts à envahir les provinces romaines, il rencontrait la puissance adverse de Satan. En ces temps de paganisme encore vivace, les possessions diaboliques étaient fréquentes, surtout dans les campagnes tout imprégnées d'idolâtrie. La lutte contre les démons convenait bien à son tempérament guerrier; et, dans la guérison des malades et des fous furieux qu'il délivrait de leurs maux, il trouvait la pleine et généreuse expansion de son ardente charité.

En même temps, Martin achevait de se former à la savante école d'Hilaire.

L'évêque de Poitiers était un professeur de premier ordre.

Ses multiples études n'avaient point éteint son imagination. Il était poète, et composait, dans les entr'actes de ses méditations sur l'Ecriture sainte, des hymnes que la petite Abra chantait dans ses prières du matin et du soir.

Dans le tête-à-tête des veillées d'hiver ou les promenades matinales des jours d'été, il initiait Martin aux grands aperçus du dogme catholique, aux splendeurs qui rayonnent, comme une échappée de lumière divine, à travers le nuage déchiré des éternels mystères.

Il lisait avec lui les pages de cet *Evangile de saint Matthieu*, dont il commençait alors, en un style coloré et lumineux, le commentaire allégorique.

Il lui apprenait à ne fonder sa science que sur l'indiscutable Parole de Dieu, portée à la terre par le Verbe Incarné.

« Sur Dieu lui-même, répétait-il, c'est Dieu qu'il faut croire. Discuter sa parole, c'est nier son existence. Parce qu'il est Dieu, nous ne pouvons douter de son témoignage. Notre raison doit adhérer à ce qu'il nous révèle, et ne pas vouloir le comprendre autrement qu'il ne juge à propos de se faire connaître par nous. »

Il avouait que toutes les recherches studieuses, qui avaient occupé sa jeunesse, n'avaient abouti qu'au néant.

« La faiblesse humaine, disait-il, ne saurait s'élever par ses propres efforts à la science des choses du ciel. C'est de Dieu que vient la lumière. Avoir trouvé Jésus-Christ, c'est une grâce et une faveur de Notre Seigneur. La miséricorde divine est la grande ouvrière qui ourdit notre salut ; et notre espérance est un don de la bonté du Père Céleste. »

Ces leçons trouvaient, dans l'esprit du disciple attentif, un sol superbement fertile, où la semence prenait des racines puissantes et allait bientôt donner un rendement de magnifiques récoltes.

A son tour et à son insu, le Slave agissait. aussi lui, sur l'âme de son érudit précepteur.

Sans prétentions et sans soupçonner à quel point il intéressait la curiosité, toujours en éveil, de son ami, Martin racontait ses souvenirs d'adolescence et de jeunesse. Le tour original et imagé de ses récits charmait l'auditeur.

Cette Pannonie lointaine, dont il parlait. s'esquissait, comme en un mirage, à l'attentive pensée du docteur poitevin. Hilaire s'en allait, avec les vivantes descriptions du narrateur. errer dans les panoramas sauvages de la Hongrie, sur ces versants rugueux où cahotaient la Save et la Drave, en ces défilés de granit et de fer où s'étranglait le cours du Danube.

Puis, Martin disait ses tournées militaires, les garnisons successives où avait langui dans l'ennui des casernes son indisciplinable impatience, les bivouacs de la Forêt-Noire, les campements au bord du Rhin.

Il insistait volontiers sur cette Gaule, devenue désormais sa patrie, dont il avait, pour la première fois, aimé les horizons dans la campagne d'Amiens.

Mais, c'est à Trèves que restaient attachés son cœur et sa mémoire.

Pour lui, l'évèque incomparable, c'était Maximin, l'énergique défenseur de l'orthodoxie et le fidèle ami d'Athanase. Il n'avait pas des termes assez élogieux pour ce Père de son âme, dont la mort et le temps ne pouvaient faire pâlir, en son souvenir reconnaissant, la chère et majestueuse image.

Le nom d'Athanase lui rappelait une phase radieuse de son séjour sur les rives de la Moselle.

Le soldat licencié vivait depuis quatre ans auprès de Maximin, quand l'archevêque d'Alexandrie, banni par l'empereur, vint, pour la deuxième fois, abriter son exil dans la métropole des Gaules.

L'illustre proscrit n'avait point voulu habiter la ville.

Aux environs de Trèves était une grotte profonde, et isolée de toute habitation, où, après la persécution de Dioclétien, les chrétiens avaient réuni les reliques des martyrs. Ce fut en cette retraite qu'Athanase fixa sa résidence. Maximin l'y visitait souvent; et le Slave, qui l'accompagnait, se prit d'enthousiasme pour le glorieux pontife d'Orient.

Par lui, il connut, non seulement les tragiques démêlés de l'arianisme et les grandes luttes pour la foi, mais aussi les choses, inédites, de l'organisation monacale en Egypte. Dans leurs fréquents entretiens, Athanase lui dépeignit les anachorètes austères de la Thébaïde, ces hommes, vêtus d'un sac, séparés du monde à jamais, et vivant dans la prière et la pénitence en des cellules de paille et de boue. Il écrivait, sous les yeux ravis de Martin, les pages de ce livre exquis où il révélait à l'admiration des chrétiens la *Vie de saint Antoine*.

Et déjà, à l'instar de l'archevêque d'Alexandrie, quelques solitaires avaient, dans les plis de terrain que dominaient les remparts de la ville, établi des ermitages et inauguré, sur les bords de la Moselle, une ébauche de monastère.

Pour lui. Martin, emmené par Maximin, l'année suivante, dans un voyage à Rome, il avait retrouvé, aux alentours de la cité papale, une nouvelle esquisse des institutions monastiques du Levant. Là encore, le passage d'Athanase avait marqué sa forte trace et laissé. dans la campagne du Tibre, comme une empreinte de son génie, toute une pépinière d'ascètes.

Le dur paysan du Danube n'oubliait rien des choses qui avaient frappé son imagination. Il avait emporté le souvenir enchanteur des histoires d'Athanase; et dans ce Poitou hospitalier où l'écoutait Hilaire, il gardait, en ses rêves mêlés de regrets et de désirs, les fascinants tableaux du Nil bordé de roseaux et ombragé de palmiers et de sycomores. et des immenses sables du désert brûlé de soleil, où. nuit et jour, dans la pauvreté et la solitude. des moines priaient pour la terre et glorifiaient Dieu.

Depuis huit ans, Martin, en la maison et sous la direction d'Hilaire, continuait de s'instruire dans la science des doctrines divines, quand il reçut de Dieu, pendant son sommeil, l'ordre d'aller en Pannonie. Ses parents vieillissaient : il fallait leur porter la bonne nouvelle de l'Evangile, avant que la dernière heure ne vînt les surprendre.

L'évèque de Poitiers eut quelque peine à consentir à ce voyage. Outre que son affection pour l'exorciste lui rendait très pénible cette séparation. il pressentait l'approche de temps difficiles. Des bruits arrivaient d'Orient, qui attristaient son âme. Les âpres luttes, soulevées par l'arianisme, se réveillaient violemment, menaçantes pour la paix de l'Eglise. Hilaire, décidé à prendre sa part dans les épreuves de la chrétienté, attendait, prêt au combat, l'heure du devoir et du courage.

En ces circonstances critiques qu'il prévoyait, l'assistance d'un ami tel que Martin lui eût été précieuse.

Mais, le Slave affirmait la volonté expresse de Dieu. Rien ne pouvait empêcher son départ. Seulement, il dut promettre à l'évèque qu'il reviendrait à Poitiers, aussitôt sa mission terminée dans son pays natal.

CHAPITRE IV

AU DELA DES FRONTIÈRES GAULOISES

(355-360)

———

LA TRAVERSÉE DE FRANCE. — DANS LES ALPES. —
LA BANLIEUE DE MILAN. — A SABARIE. — MIS-
SION ILLYRIENNE. — L'ERMITAGE DE L'OLONA.
EN ROUTE POUR LA LIGURIE. — ISOLA GALLINA-
RIA. — LES RELIQUES D'AGAUNE.

Martin partit de Poitiers dans l'été de l'année 355. Par un clair et frais matin de rosée et de soleil, il dit à Hilaire, non l'adieu définitif et désolant, mais l'au revoir plein d'espérance. Il dut, en s'éloignant, jeter un regard de regret à la colline, où souriait la ville, et où il laissait une si excellente part de ses tendresses.

En route maintenant, l'ancien cavalier de l'empereur se retrouvait lui-même. Il allait chevaucher, pendant des semaines, sur les chemins gaulois, et passer, de l'Ouest à l'Est, la moitié des rivières qui coulent au cœur de la France. A travers cette large contrée qui devenait, chaque jour, de plus en plus, sa

patrie d'adoption, il allait, rendu à sa vocation de pèlerin, parcourir, comme on feuil
lette des pages d'album, ville par ville et
bourgade par bourgade, tous les aspects va-
riés de nos provinces centrales, et achever sa
naturalisation d'apôtre gaulois dans le pano-
rama de nos plaines et sur le revers de nos
montagnes.

Les cités marchandes et les stations militaires, qui l'intéressaient peu, ne l'arrêtèrent
qu'en des haltes indispensables et de courte
durée. Mais, il se prit à aimer, en nos villages et nos hameaux perdus, ces petits coins
rustiques et pauvres, pleins de verdure et
d'enfants, où vivaient, sous des toits de
chaume, les paysans, nos pères.

Touriste indiscipliné, plus d'une fois il
s'écarta de la ligne droite marquée en son
itinéraire ; et, laissant les larges voies romaines, il s'enfonçait volontiers, au hasard
des sentiers, dans les pittoresques fourrés
ou les capricieux ravins de droite et de
gauche.

Il traversa successivement les pâles paysages du Berry, les derniers bosselages de la
Marche, les vallées où s'acheminent la Creuse

et le Cher. Il franchit l'Allier, visita le Bour-
bonnais et les hauts plateaux boisés du Forez,
s'arrêta quelque temps, sur les bords de la
Loire, dans les environs de Roanne, et parvint
à Lyon, où l'importance de la communauté
chrétienne et les souvenirs glorieux des martyrs prolongèrent son séjour.

Dans cette excursion au centre de la Gaule,
Martin avait pu constater à quel point les
gens de la campagne étaient entêtés dans
leur vieux paganisme. Il avait été douloureusement surpris par les vestiges multipliés
du culte druidique, rencontrés à chaque pas,
dans les dolmens, les menhirs, et les pierres
des sources ou des étangs. Sa foi de chrétien
s'en indignait. Il avait, chemin faisant, en
plus d'une circonstance, rempli son devoir
d'exorciste et purifié par sa prière les endroits souillés par les superstitions diaboliques. Il avait, çà et là, prêché aux villageois
la vraie parole de salut et inauguré dans des
chaumières cet apostolat auquel il voulait
consacrer sa vie. Quelque chose, qui lui venait des cieux, semblait tout bas lui dire,
dans le secret de son cœur, que Dieu l'appel-
lerait un jour à la grande moisson des âmes

gauloises. L'impression tenace de cette traversée de France et la conviction de sa future mission dans notre pays se fixèrent, dès lors, en son esprit, dans une espérance qui ne l'abandonna jamais.

De Lyon, il remonta le Saône et le Doubs jusque dans la région de Dôle, où il voulait prier dans un sanctuaire célèbre, bâti sur le mont Roland. Puis, il descendit par la vallée de l'Ain, franchit le Rhône au bac de Seyssel, pénétra dans la Savoie, passa en vue du lac d'Annecy, atteignit l'Arly et, remontant les bords escarpés de l'Isère, arriva, par Moutiers et Aime, au pied du Petit-Saint-Bernard.

Avec joie, Martin avait de loin aperçu les cimes neigeuses des Alpes. Ces grandioses aspects montagneux avaient pour lui un attrait autrement puissant que les molles ondulations et les soubresauts adoucis de la Bourgogne et de la Franche-Comté. Les robustes plissements du Jura et les fortes échancrures de la Tarentaise avaient séduit son imagination, amie des vigoureux paysages.

Mais, quand il eut touché les soubassements de la barrière alpestre, quand il com-

mença à gravir les premiers gradins qui
mènent aux terrasses supérieures, son enthousiasme jaillit en hymnes d'amour au Christ,
magnifiquement roi de la terre et des cieux,
pour qui ce gigantesque et merveilleux relief
de roches et de glaces n'est pas même un
indigne et infime marchepied.

Martin grimpait à pas lents l'escarpement
du défilé de la colonne Joux. En ces sites
sauvages, sa pensée s'était envolée, bien haut,
dans les mystiques rêveries où l'enlevaient
ses élans de foi chrétienne. Absorbé en ses
méditations, perdu dans l'adoration du Créateur dont les œuvres chantent la gloire, il ne
prenait garde ni aux crevasses où un faux
pas l'eût précipité, ni aux trahisons de
l'étroite gorge où pouvait le guetter quelque
embuscade de brigands. Il ignorait même
tant son âme planait haut vers l'au delà, si
son guide l'accompagnait.

Il allait, tranquille, heureux, sachant que
Dieu le conduisait.

Il se disait qu'un jour peut-être la croix
du Rédempteur se dresserait sur ces hauteurs,
et dominerait, du sommet des Alpes, tout
l'horizon de l'Europe chrétienne. « Je veux,

pensait-il, être l'un des pauvres ouvriers conviés par le Maître à ce travail de foi et d'amour. »

Tout à coup, au brusque détour du sentier, une bande de voleurs lui barre le che-

(Ms. bibl. de Tours).

min. Le guide s'est enfui. Martin ne songe même pas à s'échapper. Il s'arrête, incapable de crainte.

On le saisit, on le renverse. Un des brigands lève son bras, armé d'un couteau, pour frapper le prisonnier jeté par terre.

« Arrête! » crie le chef de la bande.

Etonné du sang-froid de Martin qui ne

tremble ni se défend, cet homme ordonne de l'attacher sans le blesser.

Voilà donc le captif, pieds et poings liés, entraîné dans une caverne et livré aux caprices d'une meute d'assassins.

« Qui es-tu ? demande le chef.

— Je suis chrétien, répond Martin.

— As-tu peur ?

— Jamais! Un chrétien ne peut avoir peur. Dieu est avec moi. Dans le danger, son ange me garde. Mais, toi, malheureux, tremble, et redoute celui qui peut te condamner à l'enfer pour tes crimes. »

Cette crâne réplique déconcerte les bandits, peu accoutumés à un pareil aplomb de la part de leurs victimes. Ils entourent Martin, l'interrogent, veulent savoir son nom, son pays, les motifs de son voyage.

« Qui donc es-tu, toi qui ne crains rien ?

— Je suis un serviteur du Christ. »

Alors, l'impassible exorciste parle à ces misérables de son Maître Jésus. Il montre à ces pécheurs endurcis le très doux Sauveur mourant sur le Calvaire pour expier leurs fautes et racheter leurs âmes. Il étale devant eux, en son langage chaud et coloré, toute la foi, toute l'espérance, tout l'amour dont son âme débordait.

Les brigands se troublent. Ils détachent le prisonnier, implorent son pardon, lui demandent ses prières. Un d'entre eux, s'improvisant son guide, le conduit jusqu'à l'issue du Petit-Saint-Bernard. Plus tard, cet homme se convertit et se fit moine. Il racontait volontiers, dans sa vieillesse, à l'honneur de Martin, cette victoire du courage chrétien, que le héros de l'aventure était trop discret pour publier lui-même.

Vers ces parages, neuf années auparavant, Martin avait été le témoin d'une belle partie, gagnée haut la main par l'archevêque de Trèves, en des circonstances également critiques que la légende a curieusement conservées. C'était au cours du voyage à Rome.

A une halte dans la montagne, Martin, allant aux vivres dans les villages quelque peu distants, avait laissé à l'archevêque la garde de l'âne qui portait le modeste bagage. Maximin, fatigué, s'était endormi. Un ours

survint pendant la sieste et emporta la bour-
rique.

Martin, revenant par la forêt voisine,
aperçut l'ours qui s'enfuyait avec la proie.

Il éveille Maximin.

« Qu'avez-vous fait ? Vous avez laissé dévorer notre baudet par un ours.

— Ah ! la méchante bête ! dit l'archevêque. Elle va s'attirer une pénible corvée. »

Et, à grands cris. Maximin appelle l'ours
qui accourt aussitôt.

« Tiens, mauvaise bête. prends ce far-
deau, et porte-le toi-même, puisque tu as
dévoré l'âne qui en était chargé. Je te le
commande au nom du Seigneur. »

L'ours obéit, suivit. bagage sur le dos,
les deux voyageurs jusqu'à Rome. les y
attendit, retourna avec eux, docile porte-
faix, jusqu'à l'endroit de la première rencontre.

« Va-t-en maintenant, lui dit alors Maximin. Mais, ne fais plus de mal à personne ;
et personne ne t'en fera. »

Le pâtre David disait au roi Saül : « Je
puis, sans épée. sans casque et sans cuirasse,
triompher du géant Goliath. le Philistin

haut de plus de six coudées, tout bardé d'airain, à la massue et à la lance de fer. Car, lorsque, tout enfant, je menais aux pâturages les troupeaux de mon père, il survenait un lion ou un ours qui saisissait un mouton et l'emportait. Mais, je poursuivais la bête fauve, je la frappais avec mon bâton, je l'empoignais à la gorge, et je l'étouffais dans mes bras. »

L'Évangile avait éclairé le monde depuis les exploits du berger bethléémite, apprenant aux hommes, de la part du Christ, que Dieu préfère au sacrifice qui punit la miséricorde qui sauve. Les vrais chrétiens étaient plus forts que David. Ils ne tuaient pas les brigands et les ours : ils les domptaient.

Martin descendit le versant italien des Alpes par la vallée d'Aoste, et gagna la Lombardie. Il passa le Tessin, où, sans doute, quelque miracle a marqué son souvenir au village appelé aujourd'hui San Martino.

A Milan, il demeura un certain temps dans une maison chrétienne, et eut l'occasion de se lier avec plusieurs prêtres et laïques de grande vertu.

Milan.

Il s'éloignait de la ville, quand un voyageur à mine suspecte l'aborda.

« Où vas-tu ? dit l'homme sinistre.

— Je vais là où Dieu m'appelle, répondit Martin, qui croyait avoir affaire à quelque rôdeur de banlieue.

— Va où tu veux, reprit l'autre. Mais, sache bien que, partout où tu iras et quoi que tu entreprennes, je me dresserai devant toi et te combattrai. Car, je suis Satan, ton ennemi mortel.

— Il ne m'importe. Le Seigneur est avec moi. Le diable ne peut rien contre Dieu. »

Le démon disparut, et Martin continua paisiblement sa route.

En Pannonie, il retrouva, presque telle qu'il l'avait laissée plus de vingt ans auparavant, la petite maison de famille, dans sa bourgade natale de Sabarie. Ses parents eurent quelque peine à reconnaître, dans ce pèlerin de quarante ans, le joyeux adolescent, dont leur mémoire avait gardé l'image. Eux-mêmes, fatigués maintenant et attristés par l'âge, parurent à Martin comme des ancêtres de temps éloignés.

Le vieil officier reçut froidement le fils
dont il n'avait pas oublié l'enfance indisci-
plinée et les incorrigibles escapades. Il lui
pardonnait difficilement ce qu'il appelait une
désertion.

Mieux accueilli par sa mère, femme simple
et modeste, l'exorciste de Poitiers réussit à
la conquérir à la foi chrétienne. Des amis
imitèrent cet exemple et crurent à l'Évangile.
Seul, le vétéran des armées impériales s'obs-
tina dans son paganisme et résista à tous les
efforts de son fils.

Martin s'inclina devant cette épreuve,
cruelle pour sa piété filiale. Il savait que
l'heure de Dieu nous est inconnue; mais,
plein de confiance en la miséricorde inépuisable du Père éternellement bon et clément,
il pria et attendit, dans l'espérance, que la
grâce divine fît son œuvre, invisible à nos
regards bornés.

Jugeant sa mission terminée à Sabarie,
l'ami d'Hilaire reprit le chemin des Gaules.

L'Illyrie, qu'il traversa, était alors fortement travaillée par l'arianisme. Deux évêques de la contrée s'étaient signalés par leur

fanatisme et leur haine du magnanime Athanase. Sans se soucier des colères épiscopales.
le Slave parcourut le pays en prèchant la
pure doctrine catholique. Par ordre des prélats ariens. il fut pris. mis en prison. battu
de verges en public. et chassé du territoire
illyrien.

Martyr et banni. Martin chanta l'hymne
d'actions de grâces. et gagna la haute Italie.
Là, il apprit que l'évêque de Poitiers. lui
aussi. avait souffert pour la foi. Un arrèt im-
périal l'avait arraché à l'église du Poitou et
exilé en Asie Mineure. Dans ces circonstances. le retour de Martin dans les Gaules
ne pressait pas. Il résolut de faire halte dans
la Lombardie.

Les chrétiens. dont il avait été l'hôte à
Milan. à son passage d'aller. le reçurent avec
joie et le décidèrent à rester au milieu
d'eux. Mais. le séjour dans les murs de la
ville répugnait à ses goûts. Sur les bords de
la petite rivière de l'Olona. en un coin de
verdure écarté et silencieux. le Slave établit
son nid d'ermite.

Comme il n'allait point au monde, le

monde vint à lui. Gaudence, Maurille, plusieurs autres fidèles de l'Église milanaise, se
groupèrent autour de l'anachorète. Puis, on
prit, de la grande cité, l'habitude du chemin
de l'ermitage. Les habitants des faubourgs
voisins aimaient à entendre la persuasive parole de Martin et à s'édifier du spectacle de
sa pauvreté. Apôtre d'instinct, l'exorciste
ne repoussait personne, et semait en toute
occasion la bonne semence de l'Évangile.

Ces prédications firent du bruit. La doctrine enseignée par Martin n'était pas conforme aux idées de l'évêque de Milan. Cet
Auxent était un farouche arien. L'influence
de l'ermite grandissant, l'évêque en prit ombrage. L'audace de ce Pannonien, qui osait
prêcher sans même être prêtre, l'indignait.
Il crut l'intimider et lui interdit de parler
en public.

Martin, naturellement, ne tint aucun
compte de cette défense et n'en prêcha que
plus haut.

Auxent, furieux, fit envahir par la force le
paisible ermitage et expulsa le prédicateur
indocile et ses compagnons.

Décidément, le diable tenait ses promesses. A Sabarie, dans l'âme du vétéran impénitent, en Illyrie, à Milan, Satan avait engagé contre Martin un duel féroce, où ni l'un ni l'autre des lutteurs ne paraissait disposé à mettre bas les armes.

Chassé une fois encore, l'infatigable marcheur reprit son bâton et quitta la Lombardie. Un prêtre le suivit.

Tous deux se dirigèrent vers le sud.

Après s'être un instant agenouillé dans cette église de Pavie où, écolier en rupture de ban, il s'était naguère si spontanément offert à Dieu, Martin franchit les montagnes et descendit vers la Ligurie et les côtes méditerranéennes.

Le contraste est brutal entre les vertes plaines ondulées de la Lombardie, que venaient d'abandonner les voyageurs, et la ligne de crêtes sauvages qui domine la ceinture du golfe de Gênes. Une étroite lisière sépare à peine les hautes falaises et les roches anguleuses des Alpes méridionales, de la corniche qui longe, à travers fentes, ravins et torrents à demi desséchés, le bord capricieusement découpé de la mer. Les pâles oliviers y croissent dans toutes les échancrures, où un peu de terre peut nourrir leurs racines. Des touffes d'épines s'accrochent aux rocailles des pentes. Dans les sinuosités multiples du rivage pénètrent des charmantes miniatures de baies, où s'affalent, sur une grève pier; reuse, des bruissements indéfinis de vagues.

En face des rochers d'Albenga, l'îlot désert de Gallinaria (île des Poules) fut l'éden que Martin choisit pour y reprendre ses méditations d'anachorète. Il s'y installa avec son frère d'exil. Des herbes et des racines furent leur nourriture, les serpents et les oiseaux de mer leurs seuls compagnons. Une grotte était leur demeure.

Un jour, Martin faillit mourir empoisonné. Toujours insouciant des choses matérielles, il avait cueilli et mangé, par mégarde, quelques feuilles d'ellébore. Sans se troubler, il eut recours à la prière, et fut guéri.

Les deux ascètes habitaient l'île des Poules depuis près de deux ans, quand ils apprirent par quelque pêcheur de la côte voisine la joyeuse nouvelle du retour d'Hilaire. L'évêque de Poitiers, revenu de l'Asie Mineure,

était à Rome. Martin courut à la ville des papes
et y arriva peu de jours après que le prélat
en était parti pour rentrer en Gaule.

Sans tarder, le Slave fit route vers les
Alpes.

Dans le Valais, il s'arrêta au monastère
d'Agaune, récemment bâti. Les moines y
possédaient les reliques précieuses des martyrs de la Légion thébéenne. Ils ne voulurent
point en donner la moindre parcelle à Martin. Mais, le confiant exorciste demanda à
Dieu ce que ses frères lui refusaient.

Le lieu où avaient été immolés saint Mau-
rice et ses compagnons était peu éloigné.
Martin s'y rendit, s'agenouilla sur le terrain
qu'avait arrosé le sang des martyrs, et pria.
L'herbe se mouilla aussitôt d'une rosée rouge.
Martin remplit plusieurs fioles de ce sang
miraculeux, et, riche de ce trésor, il prit,
avec son commensal d'Isola Gallinaria, le
chemin de Poitiers, où il arriva presque en
même temps que son ami Hilaire.

CHAPITRE V

UN ERMITAGE POITEVIN
(360-371)

———

UN CONFESSEUR DE LA FOI. — MARTIN, PRÊTRE.
— LIGUGÉ. — ÉVANGÉLISATION DES CAMPAGNES.
— LES MISSIONS DE L'OUEST. — MIRACLES DE
MARTIN. — MORT D'HILAIRE. — MISSIONNAIRE.

C'est au printemps de l'année 360 que Martin et Hilaire se retrouvèrent dans la capitale du Poitou.

Dans l'exil, l'évêque avait bien vieilli. On n'eût pas facilement reconnu, dans cet homme au front ridé et aux cheveux blanchis, au dos voûté et à la démarche lassée, le brillant gentilhomme qui avait, treize ans auparavant, ouvert sa maison et donné son amitié à l'aventurier pannonien. Mais, dans le corps brisé par les fatigues de la lutte et les amertumes de la persécution, l'âme était restée vaillante et conservait toute sa verdeur. Les âpretés de la Phrygie, en usant ses forces, n'avaient point abattu son énergie. L'acier

6

dont était faite son âme et l'or qui composait
son cœur n'avaient pu être entamés par les
insolences de la tyrannie impériale et les
honteuses rancunes des prélats ariens, ven-
dus aux princes de la terre.

Il revenait comme un confesseur de la foi,
ardent plus que jamais, grandi par l'épreuve,
et glorifiant Dieu des souffrances qu'il avait
endurées pour la défense de la vérité catholique.

Avec la joie triomphante et la noble satisfaction du devoir héroïquement accompli, il
put dire à Martin les péripéties diverses et
les phases troublées de ses polémiques vigoureuses et de son inique bannissement : ce
concile impie de Béziers où, un an après le
départ du Slave, il avait été condamné, avec
Rhodane de Toulouse, par des évêques pré-
varicateurs; les intrigues et l'infâme apos-
tasie de ce Saturnin que les complaisances
impériales maintenaient sur le siège métropolitain d'Arles; cet arrêt brutal qui l'avait
enlevé à son église de Poitiers et jeté dans
les montagnes phrygiennes.

Il lut à l'ermite chassé de Milan par l'arien

Auxent les lettres, vibrantes de foi. superbes
de courage. que lui. Hilaire. avait adressées
à Constant. ce César de mauvaise sacristie,
que menaient des courtisanes sectaires et des
prêtres simoniaques.

Il lui raconta ses quatre années de relé-
gation au fond de l'Orient. où étaient venus
le consoler et le fortifier les protestations
fraternelles des évêques gaulois demeurés
fidèles à la foi. et tous ces témoignages de
chaude sympathie. envoyés de toutes parts au
Pontife proscrit et lui apportant. au delà des
mers, l'écho réconfortant de la patrie lointaine.

Hilaire rapportait des plages levantines
un livre magistral. qu'il avait écrit là-bas,
sur les sables de l'Asie. et où son génie avait
profondément fouillé les mystérieuses beau-
tés du dogme ; ce *Traité de la Trinité* où. mouvement. lumière et vie. il avait tout jeté. son
âme et sa pensée. son cœur et son amour,
dans la filiale et adoratrice méditation des
perfections infinies de l'Éternel Créateur et
Sauveur.

Il avait, encore toutes fraîches. les pages

de cet opuscule des *Synodes*, qui, à peine
échappées à sa puissante improvisation, cir-
culaient déjà, comme une règle de foi, parmi
les catholiques, et qui, de la noble patricienne
à l'enfant du peuple et des plus simples aux
plus savants, allaient de main en main faire
le tour de la chrétienté.

Combien Martin loua, félicita, encouragea,
embrassa son héroïque ami !...

Le soldat était fier de son général ; et, pour
la première fois de sa vie peut-être, l'humble
Pannonien, le pauvre moine qui mangeait des
racines et goûtait à l'ellébore sur des rochers
salés par l'air marin, se prit d'orgueil, et
sentit qu'il y a des heures et des moments
de fortune où, malgré sa misère, l'homme
sait être grand.

Martin retrouvait la villa de ses hôtes à
peu près telle qu'il l'avait connue naguère,
pleine des parfums de la piété et gardée,
comme autrefois, par deux anges gracieux et
fidèles, l'épouse et la fille d'Hilaire. La mère
de famille, elle aussi, avait vieilli. On eût dit,
maintenant, une aïeule mûre pour la mort
qui approchait, et conservant, sous des rides

précoces, la candeur et la pureté d'une jeunesse d'âme. Abra n'était plus une enfant. C'était une grande jeune fille, belle, simple, le sourire et la parure de la maison. Elle avait été, aux jours d'épreuve, une force et une espérance dans ce groupe de saints. Renonçant, après une lettre qui venait de l'exil, à un somptueux mariage où son cœur s'était un instant laissé détourner, elle avait résolu de dévouer désormais sa vie au service de Dieu et de ses parents.

Le retour de Martin à Poitiers était un secours hors pair pour l'évêque. Jamais il n'avait tant eu besoin de cet auxiliaire.

Fatigué par les luttes passées, prêt aux combats futurs, débordé par les nécessités d'un travail qu'avaient augmenté les lacunes de sa longue absence, il associa décidément Martin à l'administration diocésaine. En vain, l'humilité de l'exorciste résista. L'évêque exigea, et il fallut obéir.

Martin fut donc élevé au diaconat, et presque immédiatement à la prêtrise. Hilaire se reposa sur lui des fonctions les plus actives de son ministère, la prédication, les œuvres de charité. Il se réservait lui-même plus particulièrement pour les graves questions qui intéressaient alors si vivement l'Église générale et passionnaient l'Orient et l'Occident. Car, il était un de ces pontifes, à l'esprit large et aux vastes conceptions, qui ne croient pas leur mission tout entière enclose dans les limites d'un diocèse ou d'une province, et qui ne laissent passer aucune occasion d'activer et d'étendre le règne de Dieu dans tout le monde catholique.

Martin, promu au sacerdoce, ne resta pas oisif. Avec sa promptitude habituelle, il organisa, sans délai, son existence nouvelle, telle qu'il la jugeait la meilleure pour le bien à réaliser.

Avant tout, il avait besoin d'air et d'espace. Trop à l'étroit dans la maison épiscopale, mal à l'aise dans les murs de la cité, il chercha une habitation plus conforme à ses goûts dans la campagne voisine.

Le souvenir le charmait encore du paisible ermitage de l'Olona, où était venu le troubler le ressentiment d'Auxent. Dans un coin boisé de la vallée du Clain, il retrouva comme

Ligugé. — Le Monastère actuel.

une image de sa retraite milanaise. C'était
un endroit calme, à peu près désert, où les
oiseaux des vertes feuillées et les clapote-
ments de la rivière apportaient seuls le mouvement et le bruit. Il s'y construisit une cabane, à huit kilomètres au sud de Poitiers.

Cette résidence s'appela Ligugé.

Son compagnon de l'île des Poules, qui
l'avait suivi dans les Gaules, se joignit à lui.
Quelques hommes austères et zélés, prêtres
ou laïques, vinrent bientôt accroître ce
petit groupe d'ermites. Deux d'entre eux se
nommaient Martin. Les autres étaient Félix,
Macaire et Florent.

Chacun avait une cellule particulière. On
vivait dans la pauvreté, l'étude et la prière.

Cette Thébaïde poitevine, que hantaient,
dans la mémoire de Martin, les souvenances
lointaines du grand Athanase, était tout ensemble le sanctuaire recueilli où, au pied de
la croix, des chrétiens d'élite s'acclimataient
silencieusement au service du Christ, et le
foyer de lumière et de foi d'où devait
rayonner à travers le Poitou l'évangélisation
des campagnes.

Notre-Seigneur disait à ses Apôtres : « La moisson est abondante, mais peu nombreux sont les moissonneurs. Demandez donc à votre Père des cieux qu'il envoie des moissonneurs faire la moisson. »

Et Martin, pour qui toute parole du Maître était un commandement, ne cessait de demander à Dieu qu'il envoyât des ouvriers pour la grande récolte des âmes.

« Regardez, disait Jésus assis sur la margelle du puits de Jacob. Levez les yeux et voyez. Les campagnes sont déjà blanches pour la moisson. »

Et Martin, qui avait déjà traversé tant de régions gauloises, avait vu que les blés étaient mûrs et les foins bons à être coupés ; et il voulait mettre dans le domaine du Christ des moissonneurs et des faucheurs.

Les yeux fixés sur l'Évangile, dont il savourait amoureusement chaque ligne, il suivait, par la fiévreuse pensée de son cœur, le béni Sauveur à travers les bourgades et les hameaux de la Palestine. Il le contemplait sur les chemins d'Orient, s'en allant, escorté de ses disciples, chercher les brebis égarées d'Israël. Il l'écoutait parlant aux

foules, leur enseignant les préceptes divins,
consolant les douleurs, réconfortant les
âmes, lavant les consciences, bon à tous,
doux et indulgent aux petits, aux faibles,
aux pécheurs, et apportant aux délaissés du
monde, dans l'amour et l'espérance, la voie,
la vérité et la vie.

Alors, il s'agenouillait dans sa misérable
cabane ; il se prosternait devant la croix de
son Maître, et, durant les longues nuits
d'automne et d'hiver, implorant la grâce
d'en haut, il suppliait Notre Père des cieux
de mettre en ses mains débiles le puissant
outil de l'apostolat.

Au printemps de l'année qui suivit son retour à Poitiers, Martin avait déjà prêché dans
toute la banlieue de la ville. Là où le manque
de temps l'empêchait de se rendre lui-même,
il envoyait ses compagnons d'ermitage.
Comme avait fait Jésus, il dispersait dans les
villages les meilleurs de ses disciples.

Sa vie de missionnaire, tant de fois ébau-
chée, si longtemps préparée, se développait
enfin large et féconde. Il parcourut tout le
Poitou, passa en Vendée, visita toute la côte

de l'Océan et jusqu'aux îles du littoral. Yeu et Ré.

Il cheminait à pied ou monté sur un âne, lentement, s'enfonçant volontiers dans les étroits sentiers qui conduisaient aux chaumières isolées à l'intérieur des bocages ou dans le fond des vallons. Il s'arrêtait dans les champs au milieu des paysans, bénissait sur sa route les petits enfants, dont, à l'exemple du Maître, il aimait l'innocente et naïve simplicité.

La popularité du missionnaire devint bientôt immense. Dans toute la contrée, des rives de la Vienne aux bords de la mer, on ne connut plus que le saint anachorète de Ligugé, on ne parla plus que de l'homme de Dieu qui déjà était pour tous un égal des Apôtres, *par Apostolis*.

Non seulement sa parole convertissait les âmes, mais sa prière opérait des prodiges. On se pressait sur son chemin, on lui présentait les malades. Martin priait, et les malades étaient guéris.

Un jour, après une longue absence, il revenait à Ligugé. La pieuse colonie était en

deuil. Un catéchumène, récemment admis et
que Martin aimait beaucoup, était mort presque subitement, sans qu'on eût pu lui admi-
nistrer le baptême. Martin entre dans la cellule où gisait le cadavre. Il fait sortir tout le
monde, ferme la porte, se prosterne et implore Dieu. Quelque chose de mystérieux,
qui passe en son âme, lui fait comprendre
que le miracle est accordé. Alors, il se lève,
fixe ses regards sur le corps inanimé couché
devant lui, et continue sa prière pendant
deux heures. Tout à coup, le mort remue,
ouvre les yeux, regarde Martin. Un cri de
joie s'échappe de la poitrine du saint prêtre.
La porte s'ouvre; on entre, et l'on voit le catéchumène, bien vivant, dans les bras de
son sauveur.

Cette résurrection eut dans toute la province un retentissement considérable. Le
zèle de l'apôtre s'y accrut avec sa gratitude
pour son Maître. Il se sentit fort désormais
pour tous les combats. Que pouvait Satan
contre celui à qui Dieu donnait la victoire
sur la mort ?

Il étendit ses missions, vers le nord, jusque dans la Touraine, et, dans la direction du sud, jusqu'aux plaines des bords de la Gironde. La Saintonge, l'Angoumois, le Limousin, le Périgord entendirent sa parole.

Au village de Nieul-lez-Saintes, Martin, ayant soif, demanda de l'eau à un paysan qui refusa. Une pauvre femme en apporta de sa maison pour lui et pour son âne. La colline, où était la chaumière de cette femme, n'avait ni fontaine, ni puits, et il lui fallait aller chercher loin l'eau dont elle avait besoin. Martin s'agenouilla sur le sol aride, et une source jaillit abondante et limpide.

Dans ses tournées apostoliques, le missionnaire avait à guerroyer ferme contre le démon. Partout où il trouvait des traces du culte idolâtre, il les détruisait, et, à la place de l'idole renversée, il laissait un oratoire chrétien. Le vieil ennemi de la route de Milan perdait, chaque jour, du terrain.

Dans sa cabane, l'anachorète, un soir, était agenouillé. Soudain, la pauvre cellule s'illumine. Devant lui, en pleine lumière, apparaît un homme vêtu de pourpre et couronné d'un diadème.

« Martin, je suis le Christ. Je redescends

sur la terre, et c'est à toi que je me révèle,
d'abord. »

Les fantômes n'étaient point pour effrayer
Martin. Il ne prit pas garde à celui-ci.

« Martin, reprit l'apparition, je te dis
que je suis le Christ. Pourquoi ne veux-tu
pas me reconnaître ?

— Notre-Seigneur, dit Martin, a annoncé
de quelle manière il reviendra. Il n'aura ni
pourpre, ni diadème. Je le reconnaîtrai aux
plaies de ses mains et de ses pieds et à sa
croix victorieuse. »

Cette réponse mit en fuite le démon.

Tandis que l'infatigable prédicateur courait ainsi les routes, évangélisant l'ouest de
la France, l'évêque de Poitiers avait de nouveau quitté pour un temps son diocèse. Il
était allé combattre à Milan même, et dé-
masquer cet Auxent, dont il écrivait : « Sé-
parez-vous d'Auxent, messager de Satan,
ennemi du Christ, homme de malheur et de
ruine, destructeur de la foi. »

Hilaire avait aussi à réfuter le rigorisme
outré du sarde Lucifer de Cagliari, dont
l'intransigeance radicale décourageait le re-

pentir, en refusant le pardon à ceux qui, un instant, s'étaient laissé séduire par l'hérésie.

Ce voyage fut le suprême effort du coura-geux pontife. Il ne s'éloigna plus de sa ville épiscopale.

Ses dernières années effeuillaient autour de lui toutes les affections les plus intimes de sa vie. Sa fille Abra s'était éteinte entre ses bras; puis, à peu de distance, la mère avait suivi l'enfant. En sa maison solitaire, l'évêque, vieux avant l'âge, attendait avec confiance, dans le deuil de celles qu'il avait aimées, l'heure de la mort qui les lui ren-drait dans le ciel.

Il allait disparaître avant la défaite défini-tive de cet arianisme dont il avait été le vigoureux et intrépide adversaire. Mais, plein de foi dans les promesses du Christ, il ne doutait pas du triomphe de la vérité.

« L'Église, disait-il, a le privilège de s'épanouir dans l'épreuve, de vaincre dans la persécution, et de triompher dans le mé-pris. On la croit renversée, et elle est de-bout. »

Il expira dans les bras de Martin, le 13 jan-vier 368.

Nul n'avait plus de titres que le solitaire
de Ligugé à la succession d'Hilaire. Les
vœux de tous l'y appelaient. Lui seul fut
d'un avis contraire.

Retiré dans son ermitage, il résista à
toutes les sollicitations, décidé à se dévouer,
comme par le passé, à cette évangélisation
de la Gaule que lui avait léguée son illustre
ami.

Un jour, il traversait les terres d'un riche
propriétaire, nommé Lupicin. En appro-
chant de la maison, il entend des lamenta-
tions. Il s'informe. On lui dit qu'on pleure
la mort d'un pauvre petit serviteur qui s'est
pendu. Martin entre aussitôt dans la salle
où on a déposé le cadavre. Il demande que
tout le monde s'éloigne, et, penché sur le
mort, il prie. Alors, l'enfant ouvre lentement les yeux les arrête sur le missionnaire,
et, subitement, lui saisissant la main, se lève
debout. Et, tous deux sortirent ensemble et
s'en vinrent dans le vestibule où tous les
gens du pays attendaient.

Pendant près de trois années encore, Martin continua, sans jamais se lasser, ses actives

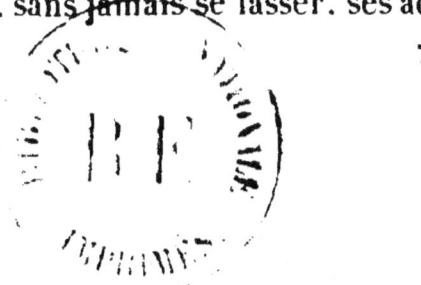

7

missions dans tout le territoire limitrophe
du Poitou. Le succès éclatant de sa prédication, la réputation extraordinaire que lui
valaient ses miracles, ne troublaient ni n'al-
téraient son humilité. Il rapportait à Dieu
l'honneur de toutes choses; et, comme Notre-
Dame le chantait en son *Magnificat*, il glori-
fiait le Seigneur très saint, qui ainsi mani-
festait sa puissance dans la faiblesse de son
serviteur.

CHAPITRE VI

ÉVÊQUE ET MOINE
(371)

———

UNE ÉLECTION POPULAIRE. — MARMOUTIER. —
LES DISCIPLES DE MARTIN. — CULTE DES SAINTS.
— PAROISSES RURALES. — LES PAUVRES. —
LA MESSE DE L'ÉVÊQUE.

En l'année 371, le siège épiscopal de Tours devint vacant par la mort de l'évêque Lidoire. On songea immédiatement à Martin. Mais, les Tourangeaux furent plus habiles que n'avaient été les Poitevins. Il n'y avait pas à douter du refus qu'opposerait à toute tentative de persuasion l'ermite de Ligugé. On résolut donc d'employer la ruse et la force.

Un citoyen de Tours, Rusticius, courut à Ligugé. Il se jeta aux genoux de Martin, le suppliant de venir vite secourir sa femme mourante. L'ermite, sans défiance, sort aussitôt et suit Rusticius.

Soudain, des gens, cachés dans les haies,

s'élancent sur Martin. On l'entraîne. Des
relais de chevaux avaient été préparés de distance en distance jusqu'à Tours. Ce fut un
véritable enlèvement.

Arrivé dans la ville, il se trouva au milieu
de l'assemblée du peuple. De toutes parts,
on l'acclame : « C'est Martin le plus digne.
Heureuse l'église qui aura Martin pour pasteur ! »

Impossible de s'échapper.

Voilà donc le pauvre anachorète, tout
poudreux de la route, mal vêtu, mal peigné,
amené dans l'église par la foule. A son aspect,
les évêques, réunis pour l'élection, protes-
tèrent vivement. Martin leur paraissait trop
sale et trop rustre pour la dignité épiscopale. Ce serait une honte pour le haut clergé
d'admettre parmi ses membres ce dégoûtant
paysan. L'évêque d'Angers, nommé *Défenseur*,
se signalait surtout par son opposition, et se
refusait absolument à sacrer l'humble moine.

Mais, il arriva que le lecteur d'office, ou-
vrant le psautier, rencontra ce passage qu'il
lut tout haut : « De la bouche des enfants vous
avez tiré votre gloire contre votre ennemi
et son *défenseur*. »

Tours.

A ces mots, le peuple crie que Dieu a parlé, qu'il a manifesté sa volonté et témoigné pour Martin contre Défenseur. En vain, les évêques opposants s'agitent, se démènent, veulent dissuader la foule d'un pareil choix. L'assemblée tout entière insiste et, à grands cris, réclame son candidat et n'en veut point d'autre. Il fallut bien en passer par la volonté populaire. Craignant une émeute, les prélats cédèrent, et Martin fut élu évêque de Tours. C'était le 4 juillet 371.

Martin avait alors cinquante-quatre ans.

La dignité, dont se trouvait ainsi revêtu l'ermite de Ligugé, ne modifia en rien sa manière de vivre. Il commença à Tours, comme il avait commencé à Poitiers, et se hâta de sortir de la ville.

Une étroite enceinte enfermait alors la petite cité gallo-romaine. Bâtie sur la rive gauche de la Loire, en face d'une ancienne bourgade gauloise ruinée, et au point de jonction de la vallée du Cher, elle était une station de la plupart des grandes routes qui alors sillonnaient les provinces occidentales de la Gaule. Sur l'autre rive, des coteaux

bordaient le fleuve, parsemé d'ilots, et dont
le cours s'étendait largement dans des campagnes vertes et fertiles.

Evangélisée par saint Gatien, la population de Tours était depuis longtemps chrétienne. Par contre, ainsi que dans le Poitou,
les paysans de la Touraine se laissaient difficilement arracher à leurs vieilles superstitions druidiques.

Le nouvel évèque trouvait toute prête une
résidence pour lui, dans une chambre atte-
nante à l'unique église de la ville. Mais, il
eùt étouffé dans la cité, et il ne voulait habiter que la campagne.

Sur la rive droite, et en amont de Tours,
dans un fouillis de rocailles et d'épines, que
ne traversait aucune sente, l'ancien coureur
des rampes styriennes découvrit un coin
silencieux, sauvage, écarté, d'accès impossible, qui lui rendait, tout ensemble, et son
val de la Pannosa, et son désert de Gallinaria,
et quelque chose de son ermitage poitevin.
Entre la rive boisée du fleuve et la paroi
d'un massif rocheux, invisible aux bateliers
de la Loire comme aux voyageurs qui suivaient sur la hauteur la voie romaine d'Orlé-

Le pendu ressuscité.
(Ms. 1018, bib. Tours).

Saint Martin consacre à Dieu la fille d'Arborius.
(Ms. 1018, bib. Tours).

ans à Angers, cette petite Thébaïde semblait faite exprès et préparée d'avance aux goûts de Martin. Des cavernes, creusées dans le flanc escarpé de la roche, avaient abrité, aux temps héroïques des persécutions sanglantes, les chrétiens tourangeaux traqués par la police romaine. Le lieu était donc déjà sanctifié, comme cette crypte des environs de Trèves, où Martin avait vu Athanase proscrit écrire la *Vie de saint Antoine*.

Quelques cabanes, semblables à celles de Ligugé, furent vite installées. Les compagnons, qui s'étaient réunis à Martin dans la vallée du Clain, vinrent le retrouver dans sa nouvelle solitude. Plusieurs autres s'y adjoignirent, et bientôt toute une colonie d'anachorètes habita l'oasis de Marmoutier.

Dans ces grottes et ces cellules, on vivait pauvrement, presque autant qu'à Isola Gallinaria. On priait beaucoup, on se façonnait, par la pratique sévère des vertus évangéliques, à l'œuvre par excellence de l'apostolat.

Les plus jeunes parmi ces moines s'occupaient à la transcription des manuscrits. Les autres vaquaient à tous les travaux où les

appelait la charité. Quelques-uns soignaient
les malades dans les villages voisins, ou ca-
téchisaient les enfants. Les plus instruits
furent chargés de la prédication et, comme
les disciples qu'autrefois Jésus envoyait
devant lui, s'en allaient dans les campagnes
environnantes annoncer le règne de Dieu.

La nourriture n'était pas raffinée à Marmoutier. Des légumes, des fruits sauvages
cueillis dans les bois, constituaient l'ordinaire menu. Aux jours de fête, les poissons
de la Loire apportaient un supplément au
maigre régime des solitaires.

Un jour, la pèche avait été lamentable, et
les filets, tendus depuis le matin, étaient
restés vides. Au coucher du soleil, Martin
vint lui-même au bord du fleuve. Il commanda qu'on y jetât une ligne, et l'on ramena
aussitôt un superbe saumon.

Le vin n'était d'usage que pour les infirmes
et les étrangers.

L'eau de la Pannosa avait suffi à l'alerte
jeunesse de Martin : l'eau de la Loire était
bonne pour sa maturité.

Il avait apporté de l'Orient des traditions
auxquelles il sut rester fidèle. Il voulut que

l'hospitalité fût une des règles fondamen-
tales du monastère. On y accueillait surtout
les pauvres et les voyageurs sans asile. Les
visiteurs riches étaient moins facilement
admis. Le préfet des Gaules, Vincent, se vit,
malgré ses instances, refuser l'honneur qu'il
sollicitait de partager le sobre repas des
religieux.

L'argent n'entrait pas, non plus, aisément
dans l'austère ermitage. Le Christ l'a maudit ; et, à Marmoutier, on se souvenait qu'il
est impossible de servir à la fois Dieu et
Mammon. Un homme puissant, Lycontius,
dont Martin avait purifié la maison infestée
d'une maladie contagieuse, voulut lui faire
accepter une offrande de cent livres d'argent. Une petite aumône eût été reçue. Le
riche présent fut repoussé comme une ten-
tation de Satan ; et Lycontius dut, séance
tenante, le distribuer aux pauvres.

A une petite distance de Tours était l'ancien cimetière des chrétiens. L'apôtre de la
Touraine, saint Gatien, y avait été enseveli.
Martin voulut, dès le début, placer son épiscopat sous le patronage de son illustre pré-

décesseur. On se rendit processionnellement
au tombeau de saint Gatien. L'évêque se pros-
terna sur la pierre, lut une page de l'Évangile, et dit tout haut : « Homme de Dieu,
bénis-moi ! » Une voix surnaturelle répondit : « Bénis-moi, toi aussi, serviteur du
Christ ! » Au contraire des prélats mondains
de la fameuse séance d'élection, le premier
apôtre de Tours agréait ce successeur. On
transporta alors le corps du saint, solen-
nellement, dans l'église, où Martin avait
déjà déposé l'un des précieux flacons qu'il
avait naguère, à Agaune, remplis de la rosée
rouge du champ des martyrs thébéens.

En honorant les véritables saints, l'évêque
de Tours se gardait de tolérer la moindre
dévotion superstitieuse. Près de Marmoutier,
un pèlerinage attirait le peuple au sépulcre
d'un prétendu martyr. Martin avait des
doutes sur l'authenticité du saint. Il se rendit
au tombeau, et, sans s'y agenouiller, pria le
Seigneur de lui révéler la vérité. Un spectre
couvert de sang se dressa alors devant lui,
confessant que dans cette tombe n'était en-
terré qu'un cadavre de brigand. Sur l'ordre

de Martin, l'autel érigé en ce lieu fut aussitôt détruit, et le pèlerinage aboli.

Le principal souci de l'apostolique Martin
était la conversion des paysans. En dehors de
l'église bâtie à Tours par Lidoire, il n'existait
guère, dans tout le diocèse, que le petit oratoire de Marmoutier.

Il ne suffisait pas, pour christianiser la
Touraine, de la parcourir hâtivement en y
semant, au hasard de la route, le bon grain de
l'Evangile. La semence, pour y germer, avait
besoin d'être arrosée et soignée. Il était donc
nécessaire de créer en diverses localités,
choisies à propos, des sortes de paroisses
rurales et de donner aux parcelles éparses
du troupeau de Jésus-Christ des pasteurs
pour les garder.

Plusieurs des anachorètes étaient prêtres.
Martin désigna l'un d'eux, Marcel, et l'envoya
s'établir dans une grosse bourgade, située en
amont de Marmoutier, à moins de trente
kilomètres de Tours. C'était à dessein qu'il
s'attaquait, d'abord, à cette forteresse bâtie par
César, et qui, poste militaire important, était
en même temps un refuge du paganisme.

8

Amboise était, d'ailleurs, excellemment placé pour devenir un centre de fructueuse propagande. Située sur la rive gauche de la Loire, la bourgade commandait, à la fois, et le fleuve, et la vallée de l'Amasse. De là, on rayonnerait aisément du côté des plaines de la Sologne.

Marcel arriva à Amboise avec quelques religieux. Il se heurta, tout d'abord, à un puissant obstacle. C'était une tour épaisse et solidement construite en énormes pierres. On la tenait, dans le pays, pour sacrée, et les Amboisiens lui rendaient un culte superstitieux. Marcel essaya en vain de la faire démolir. Point d'ouvriers pour cette destruction. Le fanatisme des uns, la terreur des autres, éloignaient les bonnes volontés et paralysaient les bras.

Marcel appela l'évêque à son aide. Celui-ci ne fut pas long à répondre. Il arriva lui-même. Sans rien dire, il se met en prière; toute la nuit, il implore le secours de Dieu. Dès l'aube, un orage épouvantable éclate. Une tempête, qui soulève les eaux de la Loire, souffle avec fureur, et si bien que la tour, ébranlée et battue par le vent, craque,

cède à l'ouragan, et s'écroule tout entière.
Sur le terrain déblayé, on installa un oratoire qui devint bientôt une paroisse considérable.

En arrière d'Amboise, vers le sud, et
dans la direction de la route de Bourges, le
Cher baigne le pied d'un pittoresque coteau,
que dominait alors une forteresse romaine.
Là aussi, l'idolâtrie semblait particulièrement vivace. Martin y bâtit, à une très
petite distance, une nouvelle succursale,
au village de Chisseaux.

Après avoir ainsi pourvu au pays d'amont,
l'évêque s'occupa des régions de l'aval. Sur
le fleuve même et au bord de la route de
Saumur, il fonda la paroisse de Langeais,
à une distance de Tours égale à celle qui
sépare cette ville de la bourgade d'Amboise.
Sise sur la rive droite, à l'entrée du vallon
de la Roumer, cette localité devait donner
aux missionnaires accès dans toute une partie
de la province restée jusque-là en dehors du
christianisme.

La forte organisation de la communauté
religieuse de Candes, au pied des coteaux

escarpés qui marquent le confluent de la
Vienne et de la Loire, compléta la prise de
possession du territoire diocésain.

Au milieu de tous ces travaux, Martin ne
perdait pas de vue le devoir capital du soin
des pauvres. C'était même, dans son ministère, la part exquise, celle qu'il aimait davantage. Il savait que l'évêque est, avant tout,
le père de ceux qui souffrent, et c'était aux
malheureux que sa sollicitude allait le plus
vite et d'elle-même. Une seule sobriété était
exclue de Marmoutier, la sobriété de l'aumône. On donnait autant qu'on pouvait ; et
quand le dénuement des solitaires laissait à
vide les ressources qu'ils réservaient aux indigents, on recourait à l'évêque, dont la
prière valait, pour les bonnes œuvres, mieux
qu'une mine d'or.

Par une froide matinée d'hiver, Martin,
selon son habitude, se rendait à l'église.
Quelques religieux l'accompagnaient. Chemin
faisant, il aperçoit un mendiant à peine vêtu
de misérables haillons.

« Vite, dit-il à l'un de ses clercs, donnez
à ce malheureux de quoi se couvrir. »

Candes. — Confluent de la Vienne et de la Loire.

Le clerc, moins charitable que son chef, ne tint point compte de cet ordre, et laissa l'évêque entrer dans l'église et le pauvre grelotter dehors.

Martin s'était retiré dans la sacristie pour se préparer à la célébration de la messe. Il y était seul. Tout à coup, il voit **entrer** le mendiant, furieux, qui **se plaint** de n'avoir pas reçu le **vêtement promis**. Il accueille le **pauvre homme**, le console doucement; et **enlevant** prestement la tunique qu'il portait sous son long manteau, il la donne au mendiant.

Celui-ci venait de sortir, quand arrive à son tour le clerc.

« L'église est pleine de monde, dit-il, et l'on vous attend pour l'office.

— Il faut d'abord, répond Martin, donner un vêtement au pauvre. Je ne puis pas aller dans l'église auparavant.

— Mais, le pauvre est parti.

— Ça ne fait rien. Donnez quand même le vêtement. Il y aura toujours un pauvre pour le mettre. »

Ennuyé de tous ces délais et obligé d'obéir le clerc sort, court à la boutique d'un fripier, achète un vieil habit aux trois quarts usé, et revient.

« Tenez, dit-il en le jetant violemment par terre, voici un habit; mais, je vous dis qu'il n'y a plus de pauvre. »

Martin ne se fâche point, ramasse l'habit; et, dès que le clerc est sorti, il se hâte de revêtir cette loque d'occasion, la couvre des ornements sacerdotaux, et, gravement, pénètre dans le sanctuaire.

Mais à peine a-t-il monté les degrés de l'autel qu'un cercle de feu apparaît soudain, entourant sa tête d'une auréole aux rayons éclatants.

Le cavalier d'Amiens, dépouillé d'une moitié de son manteau, avait naguère, dans l'isolement de la nuit, reconnu Jésus sous le lambeau d'étoffe donné à l'indigent. Pontife maintenant, le Slave, de plus en plus fidèle à ses traditions d'amour, avait échangé, contre sa robe de prêtre, cet habit de miséreux que le Christ ne dédaignait pas; et voilà que du haut des cieux, et devant tous, descendait sur sa tête la radieuse parure de gloire qui brille au front des saints.

CHAPITRE VII

ENTRE LOIRE ET MOSELLE
(372-376)

VENDÔME ET CHARTRES. — CHEZ L'EMPEREUR. —
LA PORTE DE PARIS. — SOLDATS DU CHRIST. —
LES PARABOLES. — LA MISSION GAULOISE.

L'évêque de Tours avait à peine ébauché l'organisation de son diocèse qu'il fut obligé de s'en éloigner pour quelque temps. Une question des plus importantes. dont la solution dépendait de la volonté impériale, l'appelait à la cour. Le chef de l'empire était alors Valentinien. Depuis quatre ans, il avait fixé sa résidence à Trèves.

Malgré la saison froide qui était proche. Martin n'hésita pas à entreprendre ce voyage. Il choisit l'itinéraire le plus direct qui passe par Chartres. Paris et Reims. Il emmenait avec lui quelques-uns de ses disciples.

En sortant de la Touraine. il prit, par la vallée du Loir. la direction de Vendôme. La

nouvelle de sa visite l'avait précédé dans
cette région encore païenne. Il ne passait
guère, d'ailleurs, dans les plus modestes
villages, sans y laisser quelque trace de son
inépuisable charité, soit en guérissant les
malades, soit en convertissant les cœurs, le
plus souvent en y prodiguant à la fois l'aumône du corps et l'aumône de l'âme.

A chaque localité qu'il traversait, sa
popularité, toujours croissante, attroupait
autour de lui les habitants de la campagne
que charmaient sa douceur et sa bonté. Le
long des haies, au bord des champs, sur les
talus, aux angles des sentiers, paysans et
paysannes l'attendaient, quêtant une parole
ou un regard et, comme les femmes d'Israël
sur les pas de Jésus, sollicitant pour leurs
enfants la bénédiction et la prière qui sauvent.

Un peu avant d'atteindre Vendôme, la
foule, grossie des gens qui suivaient Martin
et de ceux qui venaient au-devant de lui,
prit des proportions considérables. En face
de cette multitude idolâtre, errante comme
des brebis sans pasteur, l'apôtre sentit que
Dieu l'inspirait et que de grandes choses
allaient se passer.

Debout sur un tertre qu'ombrage un
orme, il prêche à la foule. A ces laborieux
de la terre, dont l'existence n'était que pri-
vation et misère quotidiennes, il parle du
salut et des espérances radieuses d'une vie
meilleure. Le peuple écoutait ravi. La voix
émue du missionnaire semblait un écho du
ciel. L'Esprit de Dieu, par son cœur et ses
lèvres, répandait la grâce sur cette assemblée
de pauvres et de travailleurs.

A peine Martin a-t-il cessé de parler qu'une
femme se jette à ses pieds, sanglotant et lui
présentant le cadavre d'un petit garçon :
« Vous êtes l'ami de Dieu, lui dit-elle ;
de grâce, rendez-moi mon unique enfant. »

De toutes parts, on criait : « Oui, rendez à
cette mère son enfant mort. Ayez pitié
d'elle ! »

Martin, à quelque chose de mystérieux qui
l'agite, devine que le Seigneur accorde le
miracle demandé. Il se prosterne, prend
dans ses bras le corps de l'enfant, et implore
Dieu. Silencieuse et haletante, la foule con-
temple cette prière fervente. Dans les mains
du saint, le cadavre remue, se soulève ; et

Martin remet à la mère folle de joie l'enfant ressuscité.

Ce fut dans le peuple un enthousiasme délirant. On acclame Martin, on le porte en triomphe jusque dans la bourgade. Tous voulaient être chrétiens et demandaient le baptême.

Martin accepta toutes ces brebis nouvelles, continua de les instruire ; et ne les quitta, au bout de plusieurs semaines, qu'après leur avoir bâti un rustique oratoire à l'endroit même de sa fructueuse prédication.

De Vendôme au pays chartrain, l'évêque de Tours évangélisa une partie de la Beauce. A Chartres, il reçut l'hospitalité de l'évêque Valentin, en même temps que l'archevêque de Rouen, Victrice. Les deux prélats le comblèrent d'honneurs et le retinrent plusieurs jours avec eux.

Ce fut pour Martin l'occasion d'un miracle de plus. On lui amena une jeune fille, muette de naissance. Il fit sortir tous les gens qui accompagnaient l'enfant, ne gardant que le père de la muette et les deux évêques. Puis, après avoir prié à genoux, il prit un

peu d'huile, la bénit et en mit quelques
gouttes sur la langue de la jeune fille, qui
parla aussitôt.

Martin traversa assez rapidement le territoire parisien, la Champagne et l'Argonne,
et arriva à Trèves vers le milieu de l'hiver.
Il fit demander à l'empereur une audience
particulière.

Personnellement le prince, qui professait
la foi catholique, était plutôt favorablement
disposé pour l'Église, et il eût volontiers
accueilli la visite de l'évêque de Tours. Au
contraire, l'impératrice Justine était une
ardente protectrice de l'arianisme; et l'as-
cendant que cette femme astucieuse et méchante exerçait sur l'empereur avaient plus
d'une fois détourné Valentinien de la vérité et de la justice.

La réputation de Martin était grande dans
toute la Gaule et au-delà des Alpes et du
Rhin. On le tenait à la cour pour l'un des
plus vaillants défenseurs de l'orthodoxie
catholique. Dans l'entourage immédiat du
chef de l'État, plus d'un, parmi les digni-
taires influents, étaient secrètement hostiles

à cet ami fidèle du magnanime Hilaire. L'impératrice surtout ne put tolérer que Martin
fût admis à un tête à tête avec l'empereur.
Elle obtint de Valentinien que l'on fermât les
portes du palais devant l'évêque de Tours.

Le moine de Marmoutier ne se troubla
point. Il se couvrit d'un rude cilice, jeûna,
passa ses jours et ses nuits en prières. Au
bout d'une semaine, son Ange gardien lui
annonça que le moment était venu d'aller
voir l'empereur. Martin remercia le Seigneur, et, hardiment, se présenta au seuil du
palais. Il passa devant les gardes, sans que
nul songeât à lui barrer le chemin. Tranquillement, Martin parcourut les vestibules
et les couloirs, avec l'aisance et le sans-façon
d'un habitué de la maison. De salle en salle,
il pénétra jusque dans l'appartement de
Valentinien.

Le prince était seul, se chauffant près du
foyer. A la vue de l'intrus qui se risquait
ainsi dans sa chambre, il s'emporta rageuse-
ment et appela ses gardes. L'audacieux lancier, qui si crânement naguère interpellait
Constant, n'était point mort sous la robe
d'anachorète qu'il portait maintenant. Mar-

lin, sans s'émouvoir de la fureur de Valentinien, s'arrêta à quelques pas de lui, debout,
et le regardant en face. Devant le vénérable
pontife, l'empereur ne se leva pas. Dans
un mouvement de colère, il poussa son
siège trop près du foyer. Le siège prit feu;
et peu s'en fallut que les vêtements de Valentinien ne s'enflammassent, et que toute la
chambre ne fût incendiée.

Rarement la peur est bonne conseillère.
Elle le fut cette fois. Valentinien vit dans
cet incident un signe manifeste de la bonté
divine. Tout bouleversé, il se jeta dans les
bras du prêtre qu'il venait d'outrager, lui
demandant pardon, et l'assurant que sa re-
quête était accordée d'avance.

La brusque volte-face de l'empereur était,
à ses yeux, une insuffisante réparation de
l'injure dont il s'était rendu coupable à
l'égard du serviteur de Dieu. Une satisfaction
complète et officielle lui semblait nécessaire.
Il exigea que l'évêque de Tours logeât au
palais, partageât, au moins quelquefois, sa
table. Il l'appela à ses conseils, recueillit ses
avis, et, devant tous, le mit à l'honneur et
au triomphe. L'humble moine se déroba de

9

son mieux à cet étalage d'estime qui répugnait tant à sa modestie. Toutefois, en habile
homme qu'il était, il profita des heureuses
dispositions du prince pour lui faire entendre, à l'occasion, quelques vérités sévères.

Valentinien présenta à Martin son fils Gra
tien, un enfant d'une douzaine d'années,
qu'élevait à la cour un fameux rhéteur de
Bordeaux, le poète Ausone. L'évêque bénit
cet héritier présomptif du trône, qui, cependant, ne devait point régner.

En vain, on tenta de retenir le missionnaire à la cour. En vain, l'empereur ouvrit
pour lui ses trésors. Martin refusa les présents, et abandonna ce séjour du luxe et de
la vanité humain .

Des sollicitudes plus urgentes le pressaient
de reprendre son bâton et ses labeurs de
pèlerin de l'Évangile. Sa place était, non au
palais des souverains, mais dans les pauvres
demeures de ceux qui gagnaient leur pain à
la sueur de leur front.

La voie romaine, qui conduit de Trèves à
Paris, fut un sillon profond le long duquel
l'apôtre n'oublia point de semer le grain de

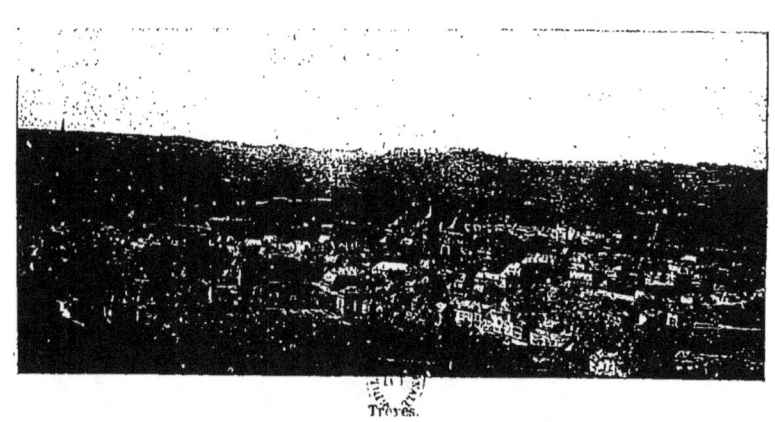

Troyes.

la parole divine. Carignan et Reims lui furent des haltes, d'où il rayonna d'un côté vers la vallée supérieure de l'Aisne, et, de l'autre côté, jusqu'aux bords de la Meuse, de la Marne et de l'Aube.

Après avoir, de la Champagne, gagné les rives de l'Oise, il se dirigea vers Paris.

La vieille Lutèce était alors limitée aux deux îles de la Seine. Elle se reliait aux marais de la rive droite par un pont que commandait la porte du Nord, située à la place où se trouve aujourd'hui la tour de l'Horloge.

Les Parisiens étaient allés à la rencontre de Martin, dont l'approche avait été signalée par les paysans de la banlieue. Une foule curieuse couvrait les berges du fleuve, attendant le passage du célèbre thaumaturge et espérant être témoin de quelque prodige.

L'apôtre avançait lentement, se frayant avec peine une voie à travers le peuple qui se pressait autour de lui, voulant le voir, l'entendre, le toucher.

Il arriva au bord de la Seine et franchit le pont. Près de la porte, un lépreux s'efforçait de se faire une place dans la cohue.

Repoussé par la foule et rejeté avec horreur au coin de la muraille, il regardait sans pouvoir approcher.

Martin l'aperçoit. Aussitôt, l'homme de Dieu, écartant les gens qui l'entourent, va droit au lépreux et embrasse ce frère infirme du Christ. Les lèvres du saint ont à peine touché le visage hideux du malheureux qu'instantanément la lèpre disparaît.

Un pareil don de bienvenue était un triomphe pour l'apostolat de Martin. Tout Paris fut à lui. Il demeura dans la ville le temps nécessaire pour y consolider l'œuvre de la foi. Mais, tel était l'enthousiasme populaire que, voulant se soustraire aux bruyantes et quotidiennes ovations d'un public fiévreux, l'évêque de Tours hâta son départ et s'éloigna incognito.

Il s'arrêta à Vendôme. Le groupe important de catéchumènes, qu'il y avait laissé, avait prospéré. Martin donna le baptême à tous ces braves gens, promit de leur envoyer prochainement un pasteur, et regagna Marmoutier, dans l'été de l'année 373.

Sans se reposer de ses fatigues, il choisit

un de ses religieux et le préposa au plus tôt
à la garde de la chrétienté naissante de Vendôme.

La route, qui menait de cette bourgade à
Amboise, passait par le village de Sonnay,
à proximité d'une forêt, au confluent de la
Brenne et du Gault. C'était un paysage frais,
verdoyant, dans une alternance de prairies,
de bois et de vallons. L'évêque de Tours,
voulant relier plus étroitement l'église de
Vendôme aux paroisses de la Loire, fonda,
en cet endroit, une chapelle qui devait
être comme une étape et un trait d'union
entre les points extrèmes.

La colonie de Marmoutier s'était augmen-
tée. De Milan, des nouveaux aspirants à la
vie religieuse étaient arrivés : c'étaient les
anciens compagnons de Martin au val de
l'Olona. Démétrius, l'ordonnance du cavalier de la garde impériale, était, lui aussi, un
hôte de l'ermitage. Il avait amené avec lui
plusieurs de ses camarades du régiment.

Des nobles Tourangeaux conduisaient leurs
enfants à l'école des moines. On y trouvait
des fils de patriciens mêlés aux villageois et

aux ouvriers. Des hommes, d'âge déjà mûr,
et que l'épreuve avait plus ou moins brisés,
venaient chercher dans cette solitude la paix
de l'âme et l'oubli du passé.

Il y avait un peu de tout dans cette gerbe
faite d'épis si divers : des laïques et des
prêtres, des célibataires et des hommes
mariés. Les femmes étant rigoureusement
exclues de Marmoutier, les gens qui ne re-
nonçaient point au mariage devaient habiter
en dehors du domaine monastique.

Un vétéran des légions romaines aurait
voulu garder son épouse avec lui sur le territoire des anachorètes. Martin, sans le répri-
mander durement, lui demanda seulement :

« Quand tu allais naguère au combat, avais-
tu ta femme à tes côtés? Non, n'est-ce pas?
Elle aurait paralysé ton courage. Eh bien!
sais-tu que Marmoutier est un vrai champ
de bataille. Il faut y vaincre, et il y est
besoin d'une vaillance que gèneraient les
femmes. »

Au reste, c'étaient des soldats qu'il voulait
avant tout dans ces hommes, moitié moines,
moitié pèlerins. Il les formait à la virile dis-

cipline des camps, aussi bien que si, demeu-
ré cavalier de la garde impériale, il avait eu
à façonner au maniement des armes les esca-
drons de l'empereur. Cette armée de missionnaires devait être capable d'affronter les
plus âpres difficultés. Lui-même, dédaigneux
de toute mollesse et cuirassé contre les ten-
tations du bien-être et du confort, il donnait
l'exemple et payait largement de sa personne.

En avant pour Dieu! En avant, dans les
robustes mêlées contre Satan! En avant, à
l'assaut des forteresses où l'infernal ennemi
défendait, dans un dernier effort, les su-
prêmes réserves du paganisme aux abois! Il
prétendait mener à la brèche et sur les remparts ces éclaireurs de l'avenir, dont le drapeau était la croix, dont le mot d'ordre était
la foi, et dont le chef était le Christ.

Vers cette époque, une nouvelle de deuil
vint attrister l'évêque de Tours. L'illustre
Athanase, le valeureux patriarche d'Alexandrie, après une épopée de luttes et d'exils,
était mort au milieu de ses fidèles, âgé de
près de quatre-vingts ans.

Martin continuait ses missions dans la Touraine. Non content de la parcourir en tous sens, il espaçait çà et là, comme des jalons qui marquaient le chemin, des chapelles et des presbytères. Il asseyait ces fondations sur une roche solide, où nulle tempête ne pouvait les ébranler.

Il établissait ces avant-postes de la foi chrétienne, de préférence, dans les pauvres bourgades, dans les centres rustiques que n'avait pas gâtés la corruption de la vie citadine, et plutôt à l'embranchement des routes, au débouché des vallées, au confluent des rivières, là où il pensait avec raison que la propagande serait plus facile et rayonnerait mieux au large.

Au milieu de ses disciples, Martin était non un maître, mais un père plein de mansuétude et d'indulgence. Il les formait à la vertu par ses exemples et par ses leçons. Comme le Christ, le radieux modèle qui brillait constamment à sa pensée, il causait familièrement avec ceux qu'il regardait comme les enfants de son cœur. Avec le tour imagé de sa phrase orientale, il trouvait, au hasard des circonstances. des comparaisons charmantes et des similitudes. Ses promenades dans la campagne, qu'il affectionnait d'instinct. étaient les ordinaires pourvoyeuses de ces instructives paraboles. Il les glanait au coin des champs. comme on cueille aux bois des fruits sauvages.

« Voyez, disait-il, ces brebis nouvellement tondues. Elles ont accompli le précepte de la charité. et. de deux vêtements qu'elles avaient, donné le plus chaud au prochain. »

Il montrait les porchers, à peine couverts de haillons. et gardant leurs troupeaux à l'entour des métairies :

« C'est la faute originelle. Adam a perdu le vêtement d'innocence. Il erre maintenant, nu et misérable. en compagnie des bêtes immondes. »

Tout. dans la nature. lui plaisait et l'inspirait. Il aimait les fleurs. dont le parfum. ainsi que les suavités de nos cœurs. monte vers le Seigneur. Il aimait les oiseaux. qui chantent. sous la feuillée des taillis. l'hymne du matin et du soir. et dont les nids innocents s'abritent. confiants et sans défense. au

creux des haies, sous la garde de notre Père
des cieux.

Ces œuvres qui se multipliaient d'une
façon merveilleuse, cette prodigieuse activité qui eût usé les plus solides tempéra-
ments, cette popularité accrue tous les jours
par des miracles et l'éclat de vertus admi-
rables, faisaient de l'humble évêque de
Tours le pontife le plus influent et le plus
vénéré de toute la Gaule. Et comme cette
puissance était tout entière mise au service
de Dieu et des pauvres, le Christianisme
prenait, sous l'impulsion de cet homme
extraordinaire, un développement dont les
progrès rapides et durables ont étonné les
investigations de la critique historique.

Mais, outre que Martin agissait dans l'Esprit de Dieu, il avait, dans sa nature, toute
d'énergie primesautière et d'infatigable vita-
lité, les qualités supérieures qui font les
conquérants et les apôtres. Ses voyages
militaires et ses pérégrinations d'aventurier
et de moine lui avaient appris à s'orienter
sur ces innombrables et larges voies que
les ingénieurs romains avaient tracées et

entre-croisées d'un bout à l'autre de l'Empire. Avec l'aptitude native de la race slave pour la pratique des langues, il s'était, en ses courses du Danube à la Moselle et de la Somme à la Garonne, habitué à tous les patois des provinces qu'il avait successivement visitées.

Il était prêt à cet apostolat gaulois, entrevu par lui, vingt ans auparavant, dans sa traversée de Poitiers aux Alpes. Il l'avait déjà fortement ébauché dans ses missions de Ligugé et dans sa récente excursion à Trèves; il allait maintenant en poursuivre le colossal achèvement dans les régions centrales de la terre française.

CHAPITRE VIII

DE LA BOURGOGNE AUX PYRÉNÉES

(377-386)

———

BERRY ET NIVERNAIS. — AU PAYS D'AUTUN. —
MISSIONS BOURGUIGNONNES. — TOURNÉES PAS-
TORALES. — ÉPISODE D'AVICIEN. — MARTIN
MÉDECIN. — CONCILE DE SARAGOSSE. — DIO-
CÈSE D'ANGERS. — CONCILE DE BORDEAUX.

Quatre ans après son retour de Trèves, Martin dit au revoir à sa chère retraite de Marmoutier, appela à sa suite quelques-uns de ses disciples, et prit la voie romaine qui remontait la vallée du Cher.

Le but de son voyage était la Bourgogne. Cependant, il se promettait bien d'exercer son office de missionnaire tout le long de la route.

Selon son habitude, il avait un âne pour monture. N'est-ce pas ainsi que la sainte Famille avait fui en Égypte, et que Notre-Seigneur était entré triomphalement dans Jérusalem ? Cette lente allure avait, d'ailleurs, l'avantage de faciliter ses prédica-

tions, en prolongeant la durée de son passage dans les localités situées sur son parcours. Il ne se hâtait point, aimant à s'écarter
du chemin direct, à pénétrer, par des sentiers de traverse, au fond même des hameaux
les plus retirés dans les terres.

Il s'arrêtait surtout dans les endroits où
des monuments païens, dolmens ou idoles,
entretenaient la superstition des paysans. Il
avait accepté dans la banlieue de Milan le
défi du diable ; et il avait bien l'intention,
foi de Slave et d'ermite, de mener jusqu'au
bout la rude guerre commencée depuis vingt-
deux ans.

Il s'agenouilla dans son petit oratoire rural
de Chissay, offrit à Notre-Seigneur sa vie et
sa mort, et s'élança, plein d'espérance, sur
la route de Bourges.

Le Berry est, avec la Touraine et le Poitou,
la vraie patrie française du grand saint Martin. De la Sologne à la Brenne, et des rives
de la Creuse aux bords de l'Allier, l'apôtre
de la Gaule a touché de son pas, que rien
ne lassait, tous les chemins de l'horizon de
Bourges, et béni toutes les prairies des

plaines berrichonnes. Il a, à maintes reprises, fait le tour de ses campagnes, les a
fouillées dans les derniers recoins. Cette
fois, il les traversa dans toute leur largeur,
avant de s'engager dans le Nivernais.

A Nevers et dans les environs, il organisa
une forte colonie chrétienne. Dans le reste
de la région, il s'attaqua hardiment au culte
impur des démons, ici détruisant un temple
païen, là brisant une idole de Diane, ailleurs
renversant une pierre druidique, plus loin,
par sa seule prière, faisant s'écrouler une
colonne.

De Nevers, il remonte les bords de la
Loire jusqu'à Decize, où la route, tournant
à l'est, le conduisit sur les rampes graniti-
ques du Morvan.

Il se trouvait, dès lors, en plein paganisme. Dans ce fouillis cahoteux de roches
et de forêts, le vieux culte gaulois régnait
sans conteste. Durs comme leur sol, les
gens de la campagne s'obstinaient dans les
pratiques que leur avaient léguées leurs ancêtres. A chaque pli du terrain, au coin des
bois, dans les ravins, près des sources et des

fontaines, partout, au creux des vallées comme sur les hauteurs, l'idolâtrie et le fétichisme le plus grossier avaient des sanctuaires.

Ce fut pour Martin l'occasion quotidienne de combats contre Satan, où plusieurs fois il risqua sa vie. Que lui importaient, à ce preux, les dangers d'ici-bas? Que pouvaient sur son indomptable courage les haines aveugles que soulevait, avec la poussière des chemins, le zèle audacieux de sa foi? Vétéran de l'armée du Christ, depuis tant d'années qu'il guerroyait pour Dieu, l'intrépide soldat avait, contre toute terreur, cuirassé son âme; et le diable avait à jamais perdu la partie.

Martin se dirigeait vers Autun, la vraie capitale du druidisme, et n'était plus qu'à quelques lieues de la ville. Un mamelon, le mont Beuvray, était, en cet endroit. le rendez-vous de toutes les superstitions du pays. Sur le flanc de la montagne gisaient pêle-mêle les ruines d'une vieille cité gauloise détruite. Une idole fameuse, dressée au milieu de ces décombres, y attirait des pèlerins de toutes les parties de l'Autunois et du Morvan.

Le démon y attendait son adversaire.

Martin s'arrête en ce lieu maudit, se mêle aux gens attroupés autour de l'idole et, d'une voix forte, les exhorte à renoncer à leur faux culte et à remplacer cet autel infâme par un oratoire du vrai Dieu.

Ce fut naturellement un scandale.

Une rumeur de colère passe dans la foule qui se grossit des paysans accourus des environs. On veut faire taire cet étranger qui insulte l'idole. Martin parle plus haut. Debout, entre ses compagnons de route, il est superbe d'éloquence et de hardiesse. Son audace met le comble à la fureur populaire. On se jette sur lui, on le bouscule, on le sépare violemment de ses disciples. Un fanatique lève une hache et va l'abattre sur Martin.

Le bon évêque pense que l'heure de mourir est venue. Aussi calme que naguère au milieu des brigands des Alpes, il rejette son manteau; et, heureux de verser son sang pour la cause du Christ, il tend, impassible, son cou au bourreau. Mais, ô prodige! c'est le bourreau qui est frappé, et tombe à la renverse comme foudroyé.

Le ciel est évidemment pour Martin. La foule stupéfaite change, en un instant, de sentiments. Elle crie que cet homme inconnu est un prophète de Dieu. Le rustre, qui voulait tuer l'évêque, se jette à ses pieds et lui demande pardon. On porte Martin en triomphe. Les paysans, dans leur enthousiasme, se précipitent eux-mêmes sur l'idole et, à grands coups, la mettent en pièces. A sa place, on élève une hâtive chapelle, que l'évêque bénit, et où, catéchiste fiévreusement écouté, il enseigne à ces nouveaux catéchumènes la doctrine de Jésus.

Martin demeura longtemps dans la banlieue d'Autun.

Un matin, errant par les champs, il aperçoit un bizarre cortège dans un chemin creux. Une haie lui cache les promeneurs, dont il ne voit que les têtes. Quelque chose de blanc, une bannière sans doute, flotte, qui doit être le symbole d'une cérémonie païenne. Sans rien dire, il fait un signe de croix. Comme par enchantement, le cortège s'arrête. On le dirait pétrifié tout entier. Impossible aux hommes qui le composent d'avancer.

ni de reculer. Martin s'approche alors et reconnaît qu'il s'agit d'un simple convoi-funéraire. On porte un mort en terre. Un nouveau signe de croix rend immédiatement le mouvement à ces pauvres gens, qui se prosternent, stupéfaits, aux pieds de Martin et le supplient de les instruire et de les bénir.

Un pin, dans les environs, marquait le voisinage d'un temple païen très vénéré. L'évêque de Tours fit démolir le sanctuaire. On n'osa protester contre cet acte d'autorité, tant l'influence du missionnaire était déjà grande dans la contrée. Mais, quand il voulut abattre l'arbre sacré, il le trouva gardé par une bande de sectaires, très décidés à ne pas laisser toucher à leur fétiche. Aux instances de Martin, ils opposent un refus absolu ; à ses supplications, ils répondent par des menaces. Le bon évèque, lui aussi, était obstiné. Il était résolu à ne point s'éloigner que l'arbre ne fût par terre. Ne pouvant venir à bout de ces forcenés, il s'adresse à la foule tassée autour et qui regarde curieusement. Sa parole était irrésistible. Deux courants partagent bientôt les assistants. Les uns crient qu'il faut abattre le pin, les autres protestent.

« Eh bien ! dit alors l'un des meneurs, mets-toi sous l'arbre. et c'est sur toi que nous l'abattrons. »

Un défi était toujours imprudent avec l'ancien cavalier récalcitrant de Worms. La chose n'était pas plus tôt dite que l'impétueux Slave était sous le pin. Ses amis épouvantés le conjurent de s'en aller, veulent l'enlever de force. Lui. impassible et souriant, commande qu'on le laisse là où il veut être.

On met la cognée au pied de l'arbre qui s'ébranle. Le tronc se fend, craque, tombe. Un signe de croix du missionnaire l'a arrêté dans sa chute ; et, brusquement rejeté en arrière, l'arbre va s'abattre lourdement du côté opposé, écrasant presque les bûcherons atterrés.

Des pareilles marques de la protection divine donnaient au courageux apôtre un prestige devant lequel toutes les oppositions étaient impuissantes. Aussi les conversions se multipliaient-elles. chaque jour. partout où il passait.

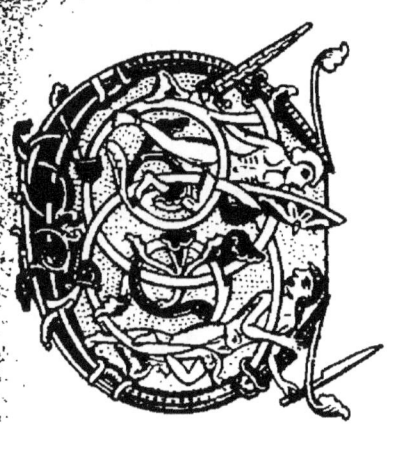

LE PIN. — Ms. bibl. Tours.

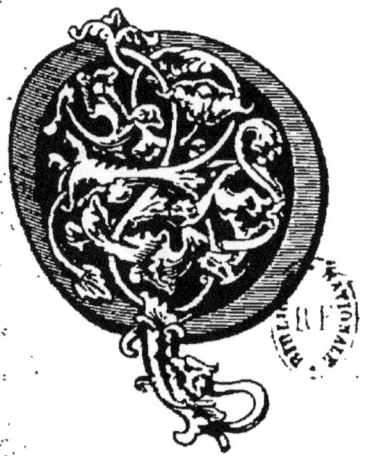

Lettres ornées tirées de notre grand ouvrage « Saint Martin ». par Henri Bas.

Une femme, affligée d'un flux de sang, touche le pan de son manteau; et elle est subitement guérie.

Une maison brûlait. De loin, Martin voit les flammes. Il accourt, monte sur le toit embrasé; et devant lui le feu s'éteint.

Quand il eut suffisamment purifié l'Autunois des restes du paganisme, l'infatigable marcheur franchit les pentes de la Côte-d'Or et vint à Beaune. Aux sources de l'Aigue et de la Bouzoise, il construisit des oratoires chrétiens sur les ruines d'autels druidiques. Au bourg de Lassey, une eau vive sortit de terre à son commandement. Dans vingt autres localités, des idoles furent détruites et remplacées par des chapelles catholiques.

Martin visita ensuite Dijon et gagna le pays sénonais, à travers l'Auxerrois, où il démolit, dans la cité d'Avallon, un temple d'Apollon.

Une singulière ambassade vint le saluer à son arrivée à Sens. Un magistrat, nommé Auspicius, lui était député par les habitants de la ville pour implorer sa protection contre la grêle qui, depuis quelque temps, dévastait la contrée. La prière de Martin fit cesser le fléau.

L'évêque de Tours rentra dans son diocèse par l'Orléanais. Cette grande tournée de missions avait duré une année entière.

Il trouva son monastère considérablement accru. Plus de quatre-vingts religieux remplissaient la thébaïde de Marmoutier.

Le retour du saint homme dans son ermitage n'était pas un repos. Il n'y demeurait guère. Sa charité toujours active l'entraînait, malgré ses fatigues, à droite et à gauche, partout où quelque misère, quelque détresse, avait besoin de son secours.

On eût vraiment dit que cet incompréhensible nomade avait le don de multilocation. Il était partout à la fois, dans son monastère et dans sa ville épiscopale, sur les grandes routes et dans les églises, au milieu des pauvres et sur le seuil des palais.

Il visitait, dans les perpétuelles allées et venues de son infatigable remuement, les moindres recoins de son diocèse, fouillant tout, examinant tout, ne laissant rien en dehors de sa vigilance et de ses sollicitudes.

Il aimait, d'un amour intense, toute créature de Dieu. Sa bonté, naïve dans son expansion, s'épandait jusque sur les animaux. Il défendait les nids et les tanières, comme il gardait les foyers et les maisons.

Dans une de ses courses apostoliques, il suivait l'un de ces sentiers encaissés qui longent les cultures. Un lièvre, poursuivi par des chasseurs, vint se heurter contre sa robe. Les chiens, jappant et courant, avaient forcé la pauvre bête, et, impitoyables, la tenaient déjà entre leurs dents.

« Halte là ! » s'écrie le saint.

Les chiens s'arrêtent au commandement ; et, rapide comme la parole du prêtre, le lièvre disparaît dans les bruyères du bois voisin.

Un soir, l'anachorète était retiré dans sa cellule, relisant, sans doute, avant de s'endormir ces pages de l'Evangile qu'il savait presque par cœur, et où il puisait, dans les exemples de son Maître, ses sublimes inspirations. Un bruit inaccoutumé trouble sou-

dain le silence du monastère. C'est un cour-
rier de Tours, effaré et hors d'haleine. Il
raconte que la ville est en émoi. Un haut
fonctionnaire de la police vient d'arriver
avec une escorte de soldats, a fait arrêter
plusieurs citoyens, les a jetés dans un cachot et condamnés à mort. L'exécution doit
avoir lieu au lever du jour.

On connaît bien, à l'ermitage, ce fonctionnaire, nommé Avicien, dont la cruauté
est partout où il passe, la terreur des popu-
lations. D'un tel homme aucune clémence
n'est à espérer : il ne fait jamais grâce.

Martin est au-dessus de toutes les craintes.
Il n'hésite même pas. Il s'affuble de son manteau et, par la nuit froide et sombre, se hâte
sur la route de Tours. Sur la barque, qui a
amené le messager, il traverse la Loire et
court au château où s'est logé Avicien. La
porte est close. Martin frappe. On ne répond
point.

Alors, le moine se prosterne sur la terre,
devant la porte, pleure et prie.

Un cauchemar agite aussitôt le sommeil
d'Avicien, qui repose au fond de son appartement. Une voix surnaturelle a crié dans la

chambre : « Avicien, le serviteur de Dieu est couché à ta porte, pendant que tu dors. »

Avicien s'éveille, et appelle le soldat qui est de planton dans son vestibule. « Allez vite ouvrir au serviteur de Dieu, qui est à la porte et qui veut entrer. »

Le soldat descend dans la cour. Il n'y a personne.

« C'est une fausse alerte, dit-il ; la cour est déserte. »

Mais, Avicien est de nouveau réveillé par la voix, plus terrible cette fois et menaçante.

Il se lève, hors de lui, traverse les corridors et la cour, et va ouvrir lui-même la porte de l'enceinte extérieure. Dans l'ombre, une forme est étendue sur le sol. C'est Martin.

« Calmez-vous, bon père. Je devine le motif qui vous amène à une pareille heure. Je n'ai rien à vous refuser. Dieu me punirait si je vous causais de la peine. Retirez-vous. Je vous accorde la grâce des prisonniers. »

A travers les brouillards du fleuve, Martin se remit en route, remerciant Dieu, et rentra à Marmoutier.

Avant l'aube, Avicien avait délivré les prisonniers, et lui-même s'était enfui, épouvanté, de cette ville que gardait si bien le serviteur de Dieu.

Depuis lors, chaque fois que le farouche policier repassait dans la Touraine, il allait frapper à la cellule de l'ermite et demeurait des heures à écouter sa parole. Une aprèsmidi que tous deux s'entretenaient sur la grève de Marmoutier, le moine dit à brûle-pourpoint à son hôte :

« Je vois sur votre épaule un démon hideux. Au nom du Seigneur, je vais le chasser par le signe de la croix. »

Il y avait plus d'un démon à bannir de la conscience de cet homme sanguinaire. Le puissant exorciste y parvint, et Avicien finit par se convertir dans les dernières années de sa vie.

Le terrible exécuteur avait une femme pieuse et bonne qui, à plusieurs reprises, envoya à l'évêque de Tours des flacons d'huile pour qu'il les bénît, et dont elle se servait, avec un infaillible succès, pour la guérison des malades.

C'était, d'ailleurs, un merveilleux médecin

que le missionnaire de Marmoutier. Il triomphait de Satan dans les maladies du corps, comme dans les maladies de l'âme. Tout ce qu'il touchait devenait chose salutaire. Une lettre de lui avait rendu la santé à la fille du préfet Arborius; et cette jeune patricienne avait voulu, à la suite de ce miracle, se consacrer à Dieu et aux pauvres dans un des couvents créés par l'évêque de Tours.

A chaque instant, on venait quérir le bon moine pour sauver quelque moribond.

Un jour, on l'appelle de la part d'un riche commerçant, nommé Evance, qui était à la dernière extrémité. Martin part aussitôt. A peine est-il en route, que le malade se sent guéri, se lève, et court au-devant de Martin. Ce fut, dans la maison, une joie de recevoir cet hôte vénérable. On lui fit fête, et on le retint jusqu'au lendemain.

Au moment où il prenait congé de la famille, au grand regret de tous, il entend un cri de douleur dans la cour. C'était un jeune domestique qu'un serpent avait mortellement piqué. Le corps du blessé était déjà enflé, et la mort semblait imminente. Martin se

11

penche sur le serviteur étendu à terre et râlant ; il cherche l'endroit de la piqûre et y appuie fortement son doigt. Tout le venin y afflue immédiatement, et sort, avec du sang, sous la pression du thaumaturge. Martin tend alors la main au domestique, qui se relève sans aucune trace de mal.

Une importante affaire attira, en 381, l'évêque de Tours au-delà des Pyrénées. Un concile se réunissait à Saragosse, et Martin y était convoqué. Il s'agissait de juger une doctrine hérétique que propageait en Espagne Priscillien, évêque de Labile. L'hérésie fut condamnée.

Martin ne perdait aucune occasion de travailler à l'extension du règne de Dieu. Il ne quitta point les Pyrénées sans y prêcher l'Évangile. Il demeura plusieurs mois dans le haut Languedoc, vécut, laborieux pèlerin de Jésus, au milieu des montagnes, et fit aimer son cher Maître dans les pauvres hameaux des Corbières. Dans les environs de Pamiers, il sauva un enfant qu'on avait jeté dans un étang. Tout le long de la Garonne, il annonça la bonne Nouvelle du Dieu Sauveur, et ne reparut dans son diocèse que vers la fin de l'année.

Son retour à Marmoutier ne lui donna guère de repos.

En 383, l'évêque d'Angers mourut. Martin, dont le siège avait été récemment érigé en métropole, dut se rendre dans l'Anjou pour présider l'élection d'un nouveau prélat. Il désigna aux suffrages des fidèles un de ses plus anciens disciples. Maurille était, depuis vingt-cinq ans, le compagnon du Slave. Avec lui, il avait esquissé la vie monastique dans le val de l'Olona. Avec lui, il avait, dans l'ermitage de Ligugé, préludé aux missions du Poitou et de la Touraine. Depuis plusieurs années, il était chargé de la paroisse de Chalonnes.

Une fois le siège épiscopal d'Angers pourvu d'un titulaire, Martin fit une tournée de prédication dans les campagnes angevines, vers la région nantaise, et dans la vallée de la Mayenne. En quittant Maurille, il lui laissa une des fioles rapportées naguère du couvent d'Agaune.

En 384, un deuxième concile le ramena encore dans le Sud. Cette fois, l'assemblée des évêques eut lieu à Bordeaux. On y confirma la première condamnation de l'hérétique Priscillien, qui fut définitivement excommunié et privé de son évêché de Labile.

Martin resta dans l'Aquitaine jusqu'au printemps de l'année suivante. Il visita le Médoc et le pays de Graves, s'arrêta à Blaye où il perdit son disciple Romain qu'il voulut ensevelir lui-même, et reprit lentement la direction de la Touraine, à travers la Saintonge et le Poitou. Il revit Ligugé et tout le territoire qu'avaient sillonné ses premières missions. Il put s'agenouiller dans des églises du Christ, là où trente ans auparavant Satan avait des idoles. Dans les robustes labours qu'avait creusés sa vaillante main, la semence avait germé. Maintenant, la moisson était venue, belle, riche, surabondante. Les racines étaient durables et profondes, que Martin mettait dans la terre. Il plantait pour l'éternité.

CHAPITRE IX

VIEILLESSE DE MISSIONNAIRE

(386-389)

LES PRISCILLIANISTES. — EMPEREUR ET PONTIFE. — HALTE D'ANDETHANNA. — DE LA MOSELLE A LA SEINE. — JOURS DE TRISTESSE. — EN AUVERGNE. — PAULIN ET FÉDULA. — L'ÉVÊCHÉ DU MANS.

A peine l'archevêque de Tours était-il revenu au milieu de ses religieux, qu'il se vit obligé de les quitter encore.

Des événements graves avaient agité l'empire, dont le bruit parvenait jusque dans la retraite de Marmoutier. Le jeune fils de Valentinien, Gratien, avait été assassiné dans la province de Lyon. Un officier espagnol, Maxime, s'était fait proclamer empereur par l'armée de Bretagne. Les partisans de Gratien étaient proscrits par l'usurpateur et traqués de tous côtés. Plusieurs amis personnels de Martin se trouvaient parmi les gens désignés aux rancunes de Maxime. Une intervention prompte et énergique du saint moine pouvait les sauver.

D'autre part, l'affaire du priscillianisme s'était envenimée. Elle avait été soumise à l'empereur à la fois par Priscillien et par ses contradicteurs. Deux prélats d'Espagne, Ithace et Idace, les plus acharnés adversaires de Priscillien, étaient à Trèves, ainsi que l'hérétique lu -même, et troublaient la cour par leurs intrigues et leurs violences.

Il était à craindre que le chef de l'État, qui subissait l'influence d'Ithace, ne prît des mesures odieuses au sujet des priscillianistes, contre lesquels ce prélat fanatique osait requérir la spoliation des biens. la dégradation et la peine de mort. Il fallait, à tout prix, empêcher une pareille infamie.

Martin avait soixante-dix ans. Malgré ce grand âge et ses fatigues récentes. il partit pour Trèves.

Hardiment. devant l'empereur, il plaida la cause des proscrits politiques. La fermeté, l'incomparable dignité du pontife, subjuguèrent Maxime. L'usurpateur s'excusa, s'humi-

lia, demanda grâce pour lui-même, attestant
qu'il n'était nullement complice du meurtre
de Gratien, et promettant l'amnistie pour les
fidèles de cet infortuné prince.

L'archevêque traita ensuite, avec la même
énergie, la question religieuse. Il obtint de
l'empereur qu'aucune mesure violente ne
serait prise contre Priscillien et ses partisans.
Les intérêts du dogme sont au-dessus de la
puissance séculière et n'en peuvent relever.
Ils dépendent de la seule autorité ecclésias-
tique et reposent sur la conviction de la
conscience, et non sur l'emploi de la force.

L'archevêque de Tours eut gain de cause
sur toute la ligne. Maxime promit tout ce
qu'on lui demandait. Il combla Martin de
témoignages d'estime, sollicita son amitié,
le retint le plus possible près de lui.

A un banquet officiel, où Martin occupait
la place d'honneur à la droite du prince,
celui-ci présenta à l'archevêque une coupe de
vin. Martin, après y avoir goûté, au lieu de
la rendre à Maxime, la passa au moine qui
était près de lui. Il jugeait qu'un prêtre du

Christ est au-dessus des souverains de la terre. Les courtisans furent scandalisés ; mais, l'empereur admira cette noble audace et en conçut pour le pontife une vénération plus profonde.

L'impératrice Héléna était une fervente chrétienne. Elle aussi voulut recevoir Martin dans son palais ; seulement, elle n'osa prendre place à la table de l'archevêque. Elle resta debout, servant elle-même le serviteur de Dieu et recueillant, après son départ, comme des reliques, les miettes de son repas.

Un autre grand pontife se trouvait, en même temps que Martin à la cour de Trèves. C'était Ambroise, de Milan. Il avait succédé, en 374, à cet Auxent, prévaricateur, persécuteur des solitaires de l'Olona, et dont Hilaire avait si éloquemment flétri l'indigne conduite. Fils de patricien, avocat de grand talent, puis procurateur de la Ligurie, il avait été élu au siège épiscopal de Milan par acclamation populaire, avant même d'être chrétien. En huit jours, il fut baptisé, ordonné prêtre, et sacré évêque. Il s'était

récemment lié d'amitié avec un jeune professeur africain qui, après avoir enseigné à
Rome, occupait brillamment une chaire de
rhétorique à Milan. Ce professeur s'appelait
Augustin. Ambroise l'avait converti à la foi
chrétienne; et il venait de le baptiser à
Milan, la veille de Pâques, quand l'affaire
des priscillianistes l'avait lui-même appelé
à la cour de Maxime.

Ambroise et Martin étaient faits pour
s'apprécier et s'aimer l'un l'autre. Une mu-
tuelle sympathie naquit de leur première
entrevue; et, quand Ambroise s'éloigna de
Trèves, une étroite intimité unissait à jamais
les deux augustes prélats.

Etait moins volontiers l'hôte du palais
que le visiteur des infirmes et des pauvres, le
prêtre de cœur et de foi, en qui n'avait fait
que grandir la charité du cavalier d'Amiens.
Toutes les misères l'attiraient à elles comme
par un aimant irrésistible. Il parsemait les
faubourgs des largesses de sa féconde bonté.
Au chevet de tous les malades, il s'asseyait.
Point ne pleurait quelqu'un qu'il n'allât
consoler.

Un jour, il guérit le serviteur du procon-
sulaire Tétrade, et, du même coup, convertissant ce magistrat, transforme en chapelle, où
prieront les malheureux, la maison luxueuse
où, la veille, s'engourdissait la mollesse du
riche.

Le lendemain, il se risque seul dans le
logis mal famé d'un fou furieux, dont personne n'ose approcher. L'enragé s'élance sur
lui, grinçant des dents et cherchant à le
déchirer. L'homme de Dieu, tranquillement
lui met ses doigts dans la bouche ; et, à ce
contact, la fureur de l'énergumène est instantanément calmée.

Une jeune fille, paralysée de tous les membres, agonisait. On court chercher Martin. L'archevêque prend un peu d'huile, la bénit, et
en verse quelques gouttes sur les lèvres de la
moribonde, qui se lève aussitôt, saine et
vaillante.

Il rencontre un nègre épileptique. Il lui
impose les mains, et le nègre est délivré de
son mal.

Un individu, qui avait la réputation de sor-
cier, annonçait l'invasion imminente des
barbares. Toute la ville était en émoi. Martin

commande au prétendu prophète de venir à
l'église, et l'oblige à confesser tout haut, devant le public, que sa prédiction de malheur est un mensonge diabolique.

Quand Martin eut comblé de ses bienfaits
la cité et la banlieue, il alla porter plus loin
son zèle évangélique. Il parcourut le Luxem-
bourg, et pénétra en Belgique jusqu'au confluent de l'Ourthe et de la Meuse. Il se dis-
posait à passer en Flandre, lorsqu'il apprit
que tout était changé dans les sentiments de
l'empereur.

Profitant du départ presque simultané
d'Ambroise et de Martin, les adversaires des
priscillianistes avaient circonvenu le faible
Maxime et obtenu qu'on remît l'affaire en
litige au préfet du prétoire, Evode, homme
dur et sévère, dont les conclusions n'étaient
point douteuses. Priscillien et ses amis
furent condamnés à mort et exécutés sans
délai.

A la nouvelle de ce crime, Martin revient
en tout hâte. Mais, l'empereur, qui redoute
l'indignation du saint missionnaire, a donné
l'ordre de ne point le laisser entrer dans la

ville. Des soldats ont été envoyés à sa rencontre, avec la consigne rigoureuse de le contraindre à rebrousser chemin.

« J'apporte la paix de Dieu », dit simplement le vieux Slave.

Et il passe outre.

Les gardes veillaient, et Martin se heurte à des portes fermées. Impossible de franchir la barrière close devant lui. On ne décourageait pas aisément l'archevêque de Tours. Jusqu'au soir, il rôde autour des remparts. La nuit venue, il se recommande à Dieu, et, à la dérobée, il s'introduit dans l'enceinte.

Le lendemain matin, à la supéfaction générale, Martin se présente au palais. Les gardes le repousssent. Il se rend alors à l'église, y prie longuement, et hardiment circule dans les rues de la cité, aux yeux de tous, affectant de s'écarter avec horreur des prélats, prêtres, ou laïques, qui ont pris part à la condamnation des priscillianistes.

Le peuple, qui aime et vénère le bon moine, l'acclame partout où il passe, et prend parti pour lui.

Ithace et les autres Espagnols, coupables de toute cette affaire de sang, n'osent plus se montrer en public. La foule indignée les conspue.

La situation devenait intolérable.

« Qu'on chasse cet homme, et au plus vite, » dit Ithace à l'empereur.

Maxime, qui savait combien l'archevêque de Tours était populaire, craignait qu'une émeute n'éclatât, si l'on usait de violence à son égard. Après deux jours d'hésitation, il résolut d'essayer la persuasion pour amener Martin à se rapprocher des ithaciens. Il le fit appeler au palais.

L'entrevue fut terrible.

Le pontife, digne et superbe d'audace et d'éloquence, reprocha sévèrement à l'empereur l'infamie de sa conduite. Le tyran fut tour à tour rusé et grossier, insinuant et brutal ; il employa tous les moyens pour ébranler l'homme de Dieu. Rien n'y fit, ni menaces, ni colère, ni astuce.

Enfin, las de ne pouvoir ni briser cette énergie d'apôtre, ni corrompre la conscience de ce vieillard dont la sainte hardiesse défiait sa puissance de despote, Maxime coupa court à l'entretien.

A peine l'archevêque se fut-il retiré, que

l'empereur, fou de rage, donna l'ordre de mettre à mort tous les gens compromis dont Martin avait demandé la grâce, et de faire poursuivre et exécuter en Espagne tous les complices de Priscillien.

Martin était à l'église, quand on lui apporta cette affreuse nouvelle. Elle l'atterra. Que faire? Comment empêcher les crimes dont sa résistance à l'empereur allait être la cause? Il fallait, à tout prix, arrêter le féroce César dans cette voie de sang, sauver tant de victimes de la fureur du tyran. La charité l'emporte sur tout : c'est le commandement du Christ. Il n'y a pas à hésiter. Martin court, à la tombée de la nuit, au palais. Malgré l'heure tardive, Maxime le reçoit. Que seulement l'archevêque veuille bien se mêler, le lendemain, dans l'église, aux prélats qui doivent nommer un titulaire au siège vacant de l'archevêché de Trèves, et l'empereur accorde à tous une entière et définitive amnistie.

Martin se résigna. Le lendemain, il assista à la consécration du nouveau métropolitain. Mais, aussitôt la cérémonie terminée, il quitta cette ville de malheur, après avoir prédit la mort violente et prochaine du prince coupable.

Il s'en allait, le cœur déchiré, l'âme inquiète, ayant comme un remords d'une condescendance qui n'avait été de sa part, en réalité, que l'héroïque effort de la charité. Son Ange gardien le consola, en un lieu célèbre, appelé depuis la *Halte d'Andethanna*, sur la route de Trèves à Reims.

Le vieux missionnaire, tout épuisé qu'il était par le chagrin et la fatigue, ne rentra pas directement en Touraine. Il reprit sa mission de Flandre, interrompue par les derniers événements de Trèves. Il traversa les Ardennes et une partie du Hainaut, et étendit sa course apostolique jusqu'aux rivages de la mer. Sur les dunes flamandes, pendant quelques jours, il perdit son âne, que les enfants de Dunkerque, chaque année, le 11 novembre, cherchent encore, avec des lanternes, dans tous les quartiers de la ville. Martin revint vers la Seine par l'Artois et la Picardie.

Son activité, que l'âge ne diminuait point, trouva moyen de s'exercer dans tout ce parcours en des prédications et des miracles, et d'y laisser partout de son passage des traces ineffaçables.

Martin approchait des bords de la Loire. Sur le chemin, il aperçoit des paysans qui fuyaient épouvantés, poursuivis par une vache furieuse. L'animal, emporté dans une course effrénée, avait déjà blessé plusieurs personnes. Tout le monde se garait. L'archevêque seul ne quitte pas le milieu de la route. D'un geste, il arrête la vache et lui commande de retourner au pâturage. La vache, domptée subitement, obéit et s'en va tranquillement retrouver le reste du troupeau dans la prairie.

A peu de distance de Marmoutier, Martin fit halte pour passer la nuit, dans une maison de ses religieux. L'air était froid, et on alluma quelques sarments dans la modeste chambre, où il s'étendit sur un lit de paille. Pendant son sommeil, des étincelles jaillirent sur la pauvre paillasse et y mirent le feu. Martin s'éveille dans les flammes; ses vêtements brûlent, la salle est pleine de fumée qui l'aveugle. Il s'élance vers la porte : elle est fermée. Il s'agenouille alors, appelle

Dieu à son secours. Aussitôt le feu s'éteint,
sans lui avoir fait la moindre brûlure.

Le vieil archevêque avait bien besoin de
paix et de silence, quand il arriva enfin dans
son ermitage tourangeau. La sérénité de son
âme était comme voilée d'une tristesse que
ses efforts ne pouvaient complètement vaincre.
Il était, malgré lui, abattu, préoccupé des
odieux souvenirs de Maxime et de Trèves.

Sous le toit rustique de sa cabane, il se
retrouva lui-même. Au pied de son cher cru-
cifix, il vida son cœur de toutes les amertumes qui s'y étaient entassées. Dans la rude
pénitence de sa vie mortifiée, dans la prière
ardente où s'exhalait sa piété confiante, il
puisa force, courage, espoir.

Un message qu'il reçut d'Italie fut un rayon
de joie qui vint, un matin, illuminer son âme.
Ambroise lui envoyait des reliques de saint
Gervais et de saint Protais, récemment dé-
couvertes à Milan.

D'autre part, tout marchait à merveille
autour de Marmoutier. La Touraine se
christianisait rapidement. La foi avait décidément envahi les campagnes ; et dans les

chaumières des paysans le Christ était adoré et servi.

Le vieux Slave, quelles que fussent ses fatigues, n'était pas l'homme du repos.

Ses jambes de septuagénaire, après tant d'étapes et de lassitude, étaient vigoureuses encore, et il les voulait user jusqu'au bout au service de son Maître Jésus. Si brisé, si affaibli qu'il se sentît, il avait, dans les inépuisables ressources de son énergie et de son amour pour Dieu, de quoi affronter encore les labeurs de l'aspotolat. Des chemins lui restaient à parcourir, où il n'avait pas traîné sa robe de moine et son bâton de pèlerin.

Là-bas, tout là-bas, aux régions de l'Isère et du Rhône, les rochers du Vivarais et du Vercors l'appelaient. Au cœur de la France, sa parole, digne de saint Paul, n'avait pas été entendue des rudes montagnards de l'Auvergne. Il y avait, à l'horizon de la Gaule centrale, il y avait, aux pays du midi, des âmes païennes qu'il fallait donner au Christ, des cœurs idolâtres auxquels Dieu manquait.

Il dit donc, une fois de plus, adieu à son coin aimé de Marmoutier.

A petites journées, il visita la partie de son diocèse qui confinait au Poitou et au Berry, s'arrètant aux différentes paroisses qu'il avait échelonnées le long de la vallée de l'Indre.

A Clion, qui était sur son passage, il avait fondé une petite communauté de religieuses. Les pieuses filles lui préparèrent pour la nuit une paillasse dans la sacristie de la chapelle; et, le lendemain, après le départ de l'archevèque, elles se partagèrent, comme des reliques, la paille sur laquelle il avait reposé. Quelques jours après, l'une d'elles, soignant un malade, eut la bonne pensée de lui faire toucher quelques brins de cette paille, et le patient fut immédiatement guéri.

Un peu plus loin, Martin rencontra sur la voie romaine qui allait de Blois à Châteauroux, près du village de Levroux, un temple païen. Il exhorta vivement les habitants de la localité à détruire ce repaire du démon. Mal lui en prit. On voulut l'assommer. Le vaillant missionnaire ne se déconcerta point. Il passa deux jours en prière. Deux hommes armés se présentèrent alors devant lui, l'emmenèrent au temple qu'ils démolirent en quelques instants sous les yeux des villageois ahuris. Tout le pays, gagné par cette manifestation éclatante de l'intervention divine, se convertit à la foi chrétienne.

Les champs de Levroux étaient remplis d'oiseaux de toutes sortes. Martin les appela; et, quand ces catéchumènes de genre spécial furent assemblés en grand nombre autour de lui, il leur distribua du grain, les bénit, et les congédia.

Avant de continuer son voyage dans la direction de l'Auvergne, Martin erra plusieurs mois dans les plaines de ce Berry, où tant de fois déjà il avait proclamé, en actes et en paroles, l'avènement du règne de Dieu. Puis, il prit à Montluçon la route de Clermont, en stationnant dans tous les endroits où il trouvait à combattre les restes du paganisme. Il prêcha à Riom, s'arrêta à Arthonne au tombeau d'une chrétienne dont la mémoire était vénérée dans toute la région ; et, après avoir séjourné un certain temps dans le Puy-de-Dôme, il passa dans le Forez et arriva à Vienne vers la fin de l'année 388.

Martin eut la joie de retrouver sur les

rives du Rhône l'archevêque de Rouen,
Victrice. L'amitié était de vieille date entre
les deux prélats. Soldats tous deux dans
leur jeunesse, ils s'étaient rencontrés plusieurs fois dans le cours de leur épiscopat, d'abord à Chartres, récemment à
Trèves.

Victrice présenta à Martin le sénateur
Paulin. Cet homme distingué possédait une
fortune considérable. Il appartenait par sa
naissance à la haute noblesse d'Aquitaine, et
avait, à l'école du rhéteur Ausone, déve-
loppé de bonne heure, à Bordeaux, les re-
marquables facultés dont il était doué.

Bien que très attaché au christianisme, il
n'avait pas encore reçu le baptême. Il avait,
sous le règne de Valentinien, occupé une
charge élevée dans l'administration. Depuis
l'assassinat du prince Gratien, élève lui aussi
d'Ausone, Paulin vivait retiré dans ses riches
domaines, avec sa femme Thérasia.

C'était une grâce de Dieu qui avait amené
Paulin à Vienne en même temps que l'archevêque de Tours. Le sénateur souffrait d'une
ophtalmie qui menaçait de lui faire perdre
la vue. Martin toucha les yeux de Paulin

avec de l'huile qu'il avait bénite. L'ophtalmie disparut pour toujours.

Avant de quitter Vienne, Martin y baptisa une femme nommée Fédula, et déposa, dans l'église qu'on bâtissait à ce moment dans la ville, une partie des reliques que lui avait envoyées Ambroise de Milan.

Ses courses apostoliques le conduisirent jusque dans le massif montagneux qui sépare les vallées de l'Isère et de la Drôme.

Il revint du Dauphiné par la même voie de l'Auvergne qu'il avait prise à l'aller, et regagna la Touraine, après une année d'absence.

Dans un des premiers mois qui suivirent ce retour, Liboire, évêque du Mans, tomba gravement malade. Martin se rendit en toute hâte auprès du prélat moribond, reçut son dernier soupir, et, après sa mort, s'occupa de lui élire un successeur. On s'en rapporta à son choix. Il proposa un pauvre vigneron, nommé Victor, dans lequel il avait deviné, sous la rudesse du paysan, la vertu d'un saint.

Il remit au nouvel évêque quelques-unes

des reliques des saints Gervais et Protais, et visita, avant de reprendre le chemin de Tours, les régions du haut Maine, du Perche, et de la vallée de l'Eure. Puis, il emmena avec lui à Marmoutier le jeune Victorin, fils de Victor.

Il ne devait plus, désormais, s'éloigner de son diocèse.

CHAPITRE X

LA FIN DE SAINT MARTIN

(389-397)

———

DERNIÈRES VISITES PASTORALES. — BRICE. —
LA ROUTE D'AMBOISE. — SULPICE SÉVÈRE. —
DERNIERS JOURS DE MARTIN. — VISITE A CANDES.
— MALADIE ET MORT DE SAINT MARTIN.

Depuis que l'ermite de Ligugé, dans la célèbre acclamation populaire du 4 juillet 371, avait été élu évêque de Tours, la face des choses avait bien changé dans le pays.

La Touraine était devenue chrétienne.

L'évangélisation des campagnes, à laquelle, avant tout, s'était voué le saint pontife, avait complètement réussi. Les paysans, si obstinément enracinés dans le paganisme, s'étaient peu à peu détachés de leurs vieilles superstitions ; et, maintenant, la religion du Christ triomphait dans les derniers villages, aussi bien que dans la cité de saint Gatien.

Sur la rive gauche de la Loire et dans les vallées du Cher et de l'Indre, Martin avait multiplié les paroisses rurales. Quoique moins nombreuses sur la rive droite, des églises existaient aussi, dans cette partie du diocèse, jusqu'aux collines du Loir, dans les plus importantes localités.

Çà et là, on avait érigé des sanctuaires, en ex-voto expiatoires, aux endroits que souillaient autrefois les idoles des démons.

Des postes de moines, établis de distance en distance, à l'entour des chapelles, et formant comme des succursales de Marmoutier, défendaient contre l'invasion du mal ce territoire tourangeau désormais gagné à Dieu.

Martin, qui était resté, sous ses cheveux blancs, le cavalier des frontières pannoniennes, organisait toute chose militairement et en vue des batailles. Il avait fait de ses moines un régiment du Christ. Au quartier général de Marmoutier, on équipait les recrues, on les armait, on les disciplinait. Il y avait, pour cette éducation des jeunes, une poignée de vétérans sur la fidélité desquels Martin savait pouvoir compter.

Les postes avancés n'étaient confiés qu'aux soldats d'élite.

Dans chaque paroisse, à côté du prêtre qui avait la charge de pasteur du troupeau chrétien, des clercs ou des frères laïques se partageaient les divers offices de charité : l'école des enfants, l'instruction des adultes, la visite des malades, le soin des pauvres.

Certes, on conçoit que, dans les campagnes tourangelles, on dut regarder, dès l'abord, avec une curiosité étonnée, ces hommes extraordinaires qui s'en venaient, en vêtements de laine brute ou de toile grossière, mener, au coin d'une bourgade misérable, une existence de travail et de privations, plus sobres, plus laborieux et plus indigents que les villageois au milieu desquels ils usaient, sans récompense possible, leur intelligence, leur cœur et leur santé.

La surprise de la première heure se changea vite en sympathie et en estime, quand on vit ces anachorètes, si insouciants pour eux-mêmes, se consacrer, âme et corps, au service du prochain, et se donner tout entiers au soulagement des souffrances et des besoins d'autrui. On apprit à les aimer, quand, dans les deuils et les angoisses de la vie, les malheureux trouvèrent en eux des amis et des frères ; quand à tout appel de détresse ils répondirent par l'héroïque dévouement, et qu'il n'y eut, autour de leur sainte demeure, aucune douleur, aucune infortune, qui ne reçût de leur inépuisable charité les grands secours de foi, d'espérance et d'amour.

Cette conquête ne se fit point sans difficultés et sans combats. Satan avait été imprudent, en défiant à un tournoi, où depuis lors il n'avait guère essuyé que des défaites, l'obscur chemineau de la banlieue de Milan. Toutefois, si bien battu qu'il fût par son audacieux adversaire, le démon n'avait pas abandonné la partie. Fidèle à sa promesse de haine, il s'était dressé, avec acharnement, contre Martin partout où le Slave avait passé.

Il y eut donc pour Martin, ailleurs qu'à la cour de Trèves, et jusque dans sa famille religieuse et ses monastères, des épreuves qui lui furent cruelles.

A Marmoutiér, parmi les clercs qui, dès le

bas âge, avaient été élevés par les religieux se trouvait un certain Brice. On l'avait naguère recueilli dans la misère la plus complète. Loin de se montrer reconnaissant, Brice scandalisait tous les bons moines par la légèreté de sa conduite et troublait leur paix par les incartades de sa méchante et brouillonne humeur. Il n'aimait que les chevaux, les plaisirs, le bien-être. Les remontrances, toujours douces et paternelles, de Martin, n'obtenaient rien de ce caractère vicieux.

Le vieil ermite, un jour, indigné de ce que Brice avait poussé l'impudence jusqu'à acheter des esclaves, fut plus sévère que de coutume et punit le coupable. Brice en garda une rancune mortelle. Le lendemain, il aperçut le saint homme qui se promenait sur la grève sablonneuse de la Loire, à quelques pas de sa cellule. Ce fut un torrent d'injures.

« Misérable moine, lui cria-t-il, tu as passé toute ta jeunesse dans la licence des camps; et tu oses m'adresser des reproches, à moi qui, depuis mon enfance, ai vécu dans la piété, dans ta maison et à ton école ! »

13

Martin ne répondit à ces outrages de l'ingrat que par des paroles de tendresse. Voyant que sa douceur n'arrivait à rien, il s'agenouilla et pria pendant qu'on l'injuriait, jusqu'à ce que Brice, touché de la grâce, vint enfin tomber à ses genoux et lui demander pardon.

Mais, la mauvaise nature du jeune débauché reprenait vite le dessus.

« Ne vois-tu pas, mon fils, lui disait Martin, les démons qui te suivent et te mettent dans le cœur leur rage et leur haine ? »

Un pauvre demandait, un jour, à Brice, sur la place publique de Tours, où était l'archevêque.

« Tiens, dit Brice, regarde ce vieux fou qui radote et récite là-bas ses patenôtres, les yeux levés au ciel, avec l'air d'un abruti. C'est lui qui est l'archevêque. »

Le pauvre s'approcha du vieillard et lui demanda l'aumône. Martin vida sa bourse dans la main du mendiant, et vint trouver Brice.

« Eh bien ! mon fils, lui dit-il, tu trouves donc que je suis un vieux fou et un radoteur ? »

Le jeune clerc, confus, voulut nier.

« Ne mens pas, mon fils, reprit le serviteur de Dieu. Mes oreilles étaient à tes
lèvres quand tu as parlé. Sais-tu que, pour
te punir, j'ai demandé à Dieu que tu me
succèdes sur le siège archiépiscopal de
Tours. Mais, je t'avertis que tu y souffriras
bien des tribulations.

— Je savais bien, répondit Brice, que
vous n'étiez qu'un vieux fou. Vous divaguez,
bon père. »

La prédiction était vraie. Brice lui suc-
céda, et eut un épiscopat troublé par des
épreuves nombreuses.

Entre Marmoutier et Tours, au village
actuel de Sainte-Radégonde, était un petit
monastère dont Martin avait confié le gou-
vernement à Clair, l'un de ses plus fervents
religieux. On y avait admis un jeune homme
nommé Anatole, qui feignait la plus ardente
piété. Au fond, c'était un hypocrite et un
illuminé. Il prétendait avoir des visions, des
révélations, et être plus saint que Martin.
Il évoquait le diable; et, toute la nuit, on
entendait dans sa cellule un véritable sabbat.

Enfin, le malheureux fit tant de scandale, qu'on dut supprimer le monastère.

Le démon, au reste, ne lâchait point Martin. Il lui suscitait des ennemis parmi les gens auxquels le charitable anachorète avait fait le plus de bien. Il cherchait à l'épouvanter par tous les moyens, lui apparaissant sous les formes les plus diverses, se disant Jupiter, Vénus, Minerve, Mercure, troublant son sommeil, interrompant ses veillées. Le vieux Pannonien, que sa patrie païenne avait, dès l'enfance, accoutumé aux manifestations, si fréquentes alors, de la puissance diabolique, n'y prenait garde et chassait tous ces fantômes par un signe de croix.

Le nombre croissant des ascètes de Marmoutier avait nécessité la construction d'un bâtiment d'une certaine importance. L'escalier était étroit, cahoteux, et misérable, comme tout l'édifice. Martin, dont le pied s'alourdissait, y fit, un soir, un faux pas et dégringola, jusqu'en bas, toutes les marches. On le ramassa à moitié mort. Pendant la nuit, son Ange gardien lui apparut et le guérit si bien que, le lendemain, il n'y avait plus trace de la terrible chute.

C'était la coutume de l'archevêque de Tours
de visiter, le plus souvent qu'il pouvait, les
paroisses de son diocèse. Il y allait à pied
ou à âne, dans le pauvre accoutrement qui,
naguère, avait failli empêcher son élection
épiscopale. Dans les dernières années de sa
vie, ayant renoncé aux lointaines missions,
il multiplia ces tournées pastorales dans les
bourgades et les campagnes de la Touraine.

Les paysans le connaissaient bien. Tant de
fois ils avaient vu passer sur les chemins de
leurs villages ce grand manteau et cette
grande barbe! C'était un porte-bonheur pour
eux que la visite de ce père des pauvres,
toujours bon, toujours souriant, toujours
consolateur. Dès qu'on apercevait, sur la
route, sa populaire silhouette, de tous les
champs, de tous les prés, de toutes les
fermes, vite on accourait. Il lui fallait em-
brasser et bénir tous les enfants, dire un
mot à toutes les mères, serrer la main de
tous les hommes. Il entrait familièrement
dans les chaumières, s'y asseyait auprès des
malades ou des vieillards, mangeait avec les
pauvres gens, et ne s'en allait point sans
avoir mis dans tous ces cœurs un peu d'a-

mour pour le Christ et d'espérance pour
les cieux.

Martin ne s'embarrassait guère des obs-
tacles. Sur la route de Neuillé, un arbre
abattu par un ouragan encombrait le passage. L'archevêque fait le signe de la croix,
et l'arbre se relève de lui-même, à l'admiration des paysans. On se disputait ensuite les
feuilles de cet arbre miraculeux, qui devinrent un remède efficace pour toutes les
maladies.

Si les gens du pays l'aimaient et le véné-
raient, il n'en était pas toujours de même des
passants de hasard, qui croisaient l'humble
pèlerin sur les larges voies romaines.

Au retour d'une visite à la paroisse d'Amboise, Martin suivait, appuyé sur son bàton,
la chaussée qui longe les bords de la Loire.
Les quelques amis qui l'accompagnaient
étant restés en arrière, le vieux moine continuait seul sa marche lente. A ce moment,
arrivait en sens inverse un chariot traîné
par des mules. C'était une voiture du fisc,
allant bon train, et escortée par un peloton
de cavaliers. A la vue du sombre manteau de

Martin, les mules prirent peur, firent un écart, et faillirent culbuter la voiture.

Furieux, les soldats se jettent sur Martin, l'assomment à coups de bâton et de fouet, et, le laissant ensanglanté et à demi mort sur le bord du chemin, se disposent à répartir. Mais, impossible de faire bouger les mules. Le fouet et les blasphèmes n'y faisaient rien. Les pauvres bêtes, subitement paralysées, restaient immobiles sous la grêle des coups, sans avancer d'un pas. Pas moyen de démarrer. Les conducteurs du chariot n'y comprenaient rien, et s'épuisaient en inutiles efforts, quand survinrent les compagnons de Martin. Ils trouvèrent leur vieux père, étendu sur le sol, couvert de sang, labouré de plaies. Ils lui firent une civière et l'emportèrent sur leurs bras.

A peine avaient-ils fait quelques centaines de mètres, que, derrière eux, à pas précipités, ils virent accourir les gens du fisc. Ces misérables venaient d'apprendre d'un passant le nom du pauvre promeneur qu'ils avaient si lâchement maltraité. Ils se jettent aux genoux de leur victime, la supplient de leur pardonner. La rancune dans le cœur de Martin eut été un contre sens. Il pardonna, et le chariot put repartir.

En outre des églises paroissiales et des presbytères, l'archevêque de Tours avait aussi fondé, dans plusieurs bourgades, des couvents de religieuses. Les bonnes sœurs étaient, surtout, chargées de soigner les malades et de secourir les pauvres. Martin, qui n'oubliait jamais personne, avait toujours, au passage, un bonjour de père pour les braves filles de charité. Il ne s'attardait point chez elles; même, en certaines localités où la malveillance des derniers païens aurait pu soupçonner le mal, il n'entrait pas dans la maison, et se bornait à bénir les religieuses dans l'église voisine.

Vers l'année 392, le monastère de Marmoutier reçut une visite qui est restée mémorable. Un ami de ce sénateur que l'archevêque de Tours avait, quelques années auparavant, guéri à Vienne d'une grave ophtalmie, se présenta un jour à l'oasis des bords de la Loire. C'était un gentilhomme d'Aquitaine, nommé Sulpice Sévère. Un riche et noble

mariage, en accroissant sa situation, lui avait
permis de se créer, dans sa magnifique villa
d'Eluso, près de Carcassonne, une existence
somptueuse, partagée entre l'étude des belles
lettres et la société exquise d'une épouse
passionnément aimée. La mort de sa femme
avait brutalement détruit son bonheur.
Dans la morne tristesse où se décourageait
son deuil, il avait entendu parler des vertus
et des travaux de Martin.

Dans les lettres qu'il écrivit à Sulpice Sévère, Paulin ne tarissait pas en éloges enthou-
siastes de l'apôtre des Gaules. Car, depuis
l'entrevue de Vienne, le cœur du sénateur
avait gardé l'impression la plus profonde de
l'homme éminent, que la voix populaire pro-
clamait partout un saint digne des temps
apostoliques. Il ne l'appelait que « notre
Martin », remerciait Dieu de lui avoir permis
de connaître ce pontife extraordinaire, et
tenait cette heureuse fortune pour la grâce
la plus signalée de sa vie.

Sulpice Sévère apportait à Marmoutier
une nouvelle qui combla de joie l'âme de
l'austère anachorète. Paulin avait dit adieu
aux vanités du monde. Il avait distribué ses

immenses richesses aux indigents et aux églises; et, retiré avec sa femme, la pieuse Thérasia, dans sa propriété patrimoniale de Nole, en Campanie, il avait commencé dans le silence une vie d'abnégation et de fervente piété. L'archevêque de Bordeaux l'avait ordonné prêtre; et les échos de la société chrétienne retentissaient partout de la sainteté de ce patricien, devenu le serviteur du Christ et des pauvres.

Sulpice Sévère fut accueilli par Martin, comme un fils longtemps attendu l'eût été par le plus aimant des pères. L'archevêque, malgré les résistances de son hôte, voulut lui laver les pieds, le servir lui-même, lui faire, avec la plus cordiale simplicité, les honneurs du rustique domaine des moines. Plus tard, dans le délicieux opuscule où Sulpice Sévère a résumé la vie de l'admirable Slave, l'éloquent écrivain racontait avec émotion l'impression étrange que lui fit cet humble de génie, si grand par le cœur et l'esprit, si modeste aux regards des hommes, qui rappelait, d'une si merveilleuse façon, la pénitence incroyable des solitaires de la Thébaïde, et en qui semblait reluire et briller un radieux reflet de la figure adorable du divin Jésus.

L'Aquitain demeura longtemps sous le toit hospitalier des religieux. Il aimait à prolonger les longues veillées du soir dans l'intimité du tête-à-tête avec Martin. Parfois, à l'heure où le jour baissait, le moine et le gentilhomme s'en allaient ensemble contempler, aux bords de la Loire, le soleil qui se couchait par delà les collines de l'horizon.

Dans la pâle clarté reposante des tranquilles soirées, la causerie, plus à l'aise et plus expansive, échangeait, en des confidences mutuelles, les secrètes et magnanimes pensées de ces deux vaillantes âmes. On parlait de Paulin, du superbe exemple donné au monde par cet héroïque désintéressé.

« C'est celui-là, disait Martin, qu'il faut imiter. Notre siècle est vraiment privilégié ; et c'est une gloire et un bonheur pour nos temps d'avoir été favorisés de cette magnifique leçon de courage et de foi. Ce riche a compris la parole du Christ. Il a splendidement réalisé l'enseignement du Maître, en vendant tout ce qu'il possédait ici-bas pour en abandonner le prix aux pauvres. »

Martin souffrait cruellement, à la vue du mal que les pécheurs endurcis opèrent dans la société en dépit des efforts que les justes font pour le bien. Il exhortait vivement Sulpice Sévère à ce persévérant combat pour Dieu et la justice.

Il lui montrait ces deux cités en lutte, celle de Dieu et celle des démons, et les efforts qu'il faut aux soldats du Christ pour vaincre l'auteur de tout mal, Satan, prince de ce monde.

Un soir que les deux amis s'entretenaient ainsi, paisiblement assis près du fleuve, un serpent se glissa parmi le sable de la grève. « Au nom du Seigneur, dit le moine, je t'ordonne de t'en aller. » Le reptile s'enfuit aussitôt. « Hélas ! reprit Martin, les serpents m'obéissent, et les hommes refusent de m'écouter. »

Même absent, Martin exerçait une miraculeuse autorité sur les animaux. Un de ses amis, poursuivi par les aboiements d'un chien, se tourna vers la bête importune et lui cria : « Au nom de Martin, je te défends d'aboyer. » A ce nom, la voix du chien s'étrangla dans son gosier, et il demeura comme muet.

Sulpice Sévère emporta de Marmoutier des résolutions de retraite, qu'il ne tarda pas à mettre en pratique. Il se dépouilla, en faveur des pauvres, d'une partie de ses biens, et vécut, en vrai solitaire, dans un petit cottage qu'il possédait à Primuliac, dans l'Aquitaine. C'est là que vint, quelques années plus tard, le rejoindre, après la mort de Martin, ce Clair, qui avait été le supérieur de l'éphémère ermitage de Sainte-Radégonde, troublé naguère par les excentricités du démoniaque Anatole.

Cependant, l'archevêque de Tours avait près de quatre-vingts ans.

Il se sentait définitivement usé.

Sa robuste constitution, qui, si longtemps, avait résisté aux fatigues des missions et aux duretés de l'ascétisme, cédait enfin à la surcharge écrasante, qu'avait accumulée toute une vie de perpétuels labeurs et de rigoureuses austérités.

Depuis huit ans, il avait dû renoncer aux grands voyages hors des limites de son diocèse. A la famille de son foyer épiscopal, aux enfants de cette province que le Seigneur lui avait confiée, il réservait le suprême dévouement de son ministère et les dernières effusions de ses tendresses paternelles.

Déjà, faible et courbé sous le poids des années et de la lassitude, il ne traînait plus que péniblement, sur les chemins de la Touraine, sa marche lourde désormais et son pas de vieillard. On le voyait encore passer sur les bords de la Loire, pâle et amaigri, comme une ombre de saint, se rendant, les jours de fête, de sa cellule de Marmoutier à la cathédrale de Tours.

Dans la semaine, il ne quittait guère maintenant la petite chapelle qu'il avait dédiée, dans son monastère, aux apôtres Pierre et Paul. Il y demeurait des longues heures, abîmé dans sa prière et dans la vision mystérieuse des choses d'en haut. Dieu lui parlait. Le Maître, qu'il avait servi avec une si constante fidélité, l'associait, en des intimes révélations, aux ineffables suavités des joies célestes. Le vieux cœur du Slave répondait à ces prévenances délicieuses de son Jésus adoré par des élans passionnés d'amour.

Il avait vécu dans le culte et le respect confiant de son Ange gardien. Il en avait fait le témoin, le guide et l'associé de tous les jours et de toutes les heures de son existence. L'Ange lui apparaissait souvent. Les mois qui précédèrent sa mort ne furent qu'un incessant colloque avec ce messager des cieux. Dans sa cellule et dans son oratoire, les saints, qu'il avait le plus aimés, se mêlaient familièrement à ses ferventes méditations. Les apôtres Pierre et Paul, sainte Agnès, sainte Thècle, ont conversé avec lui. Par eux, il était en communication presque quotidienne avec l'au-delà. Il savait les secrets de certains événements éloignés ou à venir. Son Ange lui apprit ce qui se passait au concile de Nîmes. Sa propre mort lui fut connue d'avance, comme il avait prophétisé celle de l'empereur Maxime.

Jusqu'aux extrêmes instants de son pèlerinage ici-bas, il fut le serviteur filial et dévôt de la Mère de Dieu. C'était un des bonheurs de ses dernières années d'aller, le plus souvent qu'il pouvait, dire la messe à la chapelle Notre-Dame-de-Rivière, qu'il avait bâtie dans une dépendance de son monastère.

Il vit la Vierge Immaculée. La Reine des cieux voulut, dès ce monde, mettre elle-même à l'honneur ce dévoué soldat du Christ.

A l'autel, le pieux archevêque semblait dans un véritable face à face avec Dieu. Rien de terrestre n'existait plus en lui. Son âme, emportée dans les mystiques hauteurs d'une foi débordante, avait comme entraîné le corps avec elle. Quand ses mains touchaient la sainte hostie, on aperçut, plus d'une fois, briller à ses doigts transfigurés des pierreries d'un éblouissant éclat.

Martin savait que la mort était proche, et il regardait vers elle avec la sécurité merveilleusement douce d'un cœur virginal. Il en parlait à ses disciples : comme Jésus avait fait pour ses apôtres, il les préparait à ce départ imminent.

Ils étaient vraiment dignes de leur père, ces hommes, patriciens ou plébéiens, auxquels Martin allait léguer l'œuvre immortelle qu'avait créée sa foi. Dans leurs âmes filiales, il avait profondément ancré, avec l'amour du Christ et la science de l'Evangile

la soif inextinguible du bien et l'indomptable énergie qui réalise des prodiges. Son
sang, sa chair, sa pensée et ses forces, ses
nuits et ses jours, il avait, lui, le barbare
pannonien, tout donné, dès la première
heure, à son unique Maître, le Christ-Jésus.
Et maintenant qu'il touchait au terme de ses
longs travaux, maintenant que ses mains,
tannées aux labours, avaient achevé de
creuser le sillon, il pouvait, avant l'adieu de
son regard mourant, donner encore au Seigneur quelque chose de soi-même. Il laissait
au Dieu, qui fut le Roi de son enfance, de sa
jeunesse, de sa maturité et de ses quatre-
vingts ans, l'héritage splendidement riche
de cette pléiade de moines, de missionnaires,
d'évêques, nés de ses sueurs et de ses prières
et jetés par lui à l'horizon des Gaules,
comme des phares resplendissants, dont,
après quinze siècles, est encore éclairé le
cercle national de nos églises.

Elle était finie, cette ingrate et difficile
conquête de notre territoire. La grande
récolte des foins et des blés gaulois, tant
rêvée à travers nos vallées et nos plaines si

lointainement entrevue dans les parcours répétés de nos campagnes centrales, la royale moisson des âmes, était maintenant faite et à jamais acquise à notre Père des cieux.

Satan était bien vaincu. Le défi de la route milanaise, si vertement relevé, avait abouti à une désastreuse défaite de l'enfer; et allait bientôt pour l'éternité s'endormir, en une impérissable victoire, le pauvre héroïque chevalier de Dieu.

Martin, le Slave inculte et vagabond, l'enfant de l'école buissonnière, le soldat au manteau coupé; Martin, aventurier, pèlerin, banni; Martin, l'ermite de l'Olona et de l'îlot sauvage des côtes liguriennes; Martin, le moine, le missionnaire, le pontife; Martin, l'apôtre, avait de ses bras d'anachorète remué, déchiré, soulevé la terre païenne des Gaules; et, de son gigantesque travail, voilà qu'allait sortir, jeune et belle, dans l'envolée impétueuse de son éclosion puissante, la vivante et radieuse chrétienté de la patrie française.

Le 4 avril 397, l'archevêque de Milan, Ambroise, était mort, dans la renommée d'un grand docteur et la gloire d'un saint.

Les amitiés, liées sur la terre par Martin,
disparaissaient l'une après l'autre ; Maximin,
Hilaire, Athanase, Ambroise, tous ces noms
illustres et tous ces souvenirs de cœur, peu
à peu, s'étaient effeuillés à ce vent d'automne qui souffle de la tombe. Rien ne rete-
nait plus ici-bas l'apôtre vieilli. Les cieux
l'appelaient.

Il voulut, une dernière fois, revoir un
coin de son diocèse qu'il affectionnait d'une
tendresse plus familiale.

Sur la rive gauche de la Loire, au confluent coquet et boisé de la Vienne, le village
de Candes étageait ses maisons de paysans
sur un coteau paré de verdure et que bai-
gnaient, en se mêlant dans un courant commun, les eaux poitevines et les eaux de la
Touraine.

Sur cette pente, Martin avait élevé au
Christ l'une de ses premières églises, et bâti
pour ses moines une importante annexe
de Marmoutier. Quelques troubles venaient
d'agiter cette communauté, jusqu'alors pro-
posée à juste titre en modèle aux paroisses
rurales de la province.

Martin jugea sa présence utile pour apaiser

la légère tempête un instant soulevée en cette retraite, naguère si paisible. Il partit donc de Marmoutier.

Avant de quitter l'oasis, dont il avait fait le berceau de toutes ses œuvres, il dit à ses frères de solitude, sachant qu'il ne les reverrait plus, l'adieu du temps, qui est le rendez-vous de l'éternité. Il les réunit tous dans l'oratoire de saint Pierre et saint Paul, les embrassa, les bénit, les confia à la garde du moine Gualbert, et, s'en allant, leur montra du doigt le ciel.

Toute une escorte de religieux accompagna l'archevêque. Chemin faisant, sur la rive du fleuve, le patriarche réconfortait pour les combats futurs la troupe de ces soldats de Dieu qu'il ne devait plus lui-même conduire à la victoire. Il leur parlait de cette incessante bataille des justes contre Satan, de qui vient tout le mal, physique et moral, unique cause de nos malheurs, et auquel les serviteurs du Christ ont pour mission d'arracher les âmes et les corps de leurs frères. Une bande de plongeons planait au-dessus du courant, poursuivant et happant à la surface des eaux les poissons de la Loire.

Candes. — La Collégiale actuelle.

« Voyez, dit Martin, ces oiseaux pêcheurs. Ainsi les démons guettent les imprudents qui ne prennent pas garde à leurs attaques ; ils les saisissent traîtreusement et les emportent pour les dévorer.

« Mais, ajouta-t-il, c'est à nous qu'il appartient de défendre nos frères des embuscades de l'ennemi. »

Alors, à haute voix, il commanda aux plongeons de s'éloigner du fleuve. Aussitôt, les oiseaux, dociles à l'ordre de Martin, prirent leur vol et s'enfuirent au-delà des collines de l'horizon.

L'archevêque demeura quelques jours dans l'église et dans le village de Candes.

Un soir, le vieux moine sentit que ses forces étaient épuisées et que l'heure suprême n'était plus loin. Il assembla alors ses religieux, et leur déclara que sa mort était proche.

Ce fut un désespoir autour de lui. Un cri de douleur s'échappa de tous ces cœurs si fortement attachés au grand apôtre :

« Père, lui dirent ses disciples, ne nous abandonnez pas ! A qui donc laisserez-vous

vos enfants désolés? Votre troupeau sera
attaqué par des loups féroces. Est-il quelqu'un qui puisse nous protéger contre leurs
morsures? Certes, nous savons quel ardent
désir vous avez d'aller au Christ. Mais, votre
récompense est déjà gagnée; elle peut atten-
dre, sans être amoindrie. Ayez plutôt pitié
de nous, que vous voulez délaisser... »

Les larmes et les gémissements de ses amis
émurent profondément Martin. Lui aussi,
voyant tous ces sanglots, se mit à pleurer.
Alors, levant ses regards vers le ciel, il fit
cette prière :

« Seigneur, si vous jugez que je sois encore utile à votre peuple, je ne refuse pas de
continuer mon travail. Que votre volonté
soit faite ! »

Pendant plusieurs jours, miné par une
fièvre violente, le serviteur de Dieu, sans un
seul instant se laisser abattre, ne cessait de
prier. Impassible contre la mort comme il
l'avait été en face des souffrances et des
outrages de la vie, le vieux Slave, plus fort
que le mal qui le rongeait, ne détournait
pas ses yeux du ciel qu'il semblait chercher
et appeler.

On l'entendait, dans les épanchements continuels de son âme, murmurer à Dieu sa virile prière de soldat et de prêtre :

« Seigneur, c'est un rude combat qu'il faut ici-bas livrer dans cette armure de notre corps. J'ai lutté jusqu'ici, et je suis rassasié de batailles. Cependant je ne refuse pas, si vous le décidez, de garder plus longtemps mon rang aux avant-postes de votre camp. Je peux veiller encore, malgré l'épuisement de la vieillesse. Commandez, Seigneur; et, à votre ordre, je servirai jusqu'au bout sous votre drapeau. Autant que vous le voudrez, je tiendrai dans ma main l'épée que vous y avez mise. Et, si mes quatre-vingts ans ne vous paraissent pas me donner droit au définitif congé, je vaincrai les années, et j'userai pour vous mes forces mourantes. Mais, Seigneur, si vous avez compassion de mon grand âge, ce sera un insigne bienfait de votre miséricorde. Que votre volonté soit faite! Vous garderez bien, sans moi, ces enfants pour lesquels je tremble. »

Tout le jour, toute la nuit, le moribond ne cessait de prier. Couché sur un lit de cendre, roulé dans un grossier cilice, il domptait l'affaissement de son corps par l'énergie de son âme.

« Souffrez, lui dirent les moines qui l'assistaient, qu'on étende un peu de paille sous vos membres brisés. »

Mais, lui, pénitent jusqu'à ·la dernière heure, repoussait ce lit trop moelleux pour une agonie d'apôtre.

« Non, mes enfants. Au chrétien qui va mourir, il faut pour couche la cendre et le cilice. Vous léguer un autre exemple, ce serait un péché. »

Et sa prière, toute d'espérance et d'amour, se prolongeait dans le silence des amis groupés autour de lui, tandis que ses mains et ses yeux, toujours levés, ne quittaient pas le chemin des cieux.

Inutilement, les prêtres, agenouillés près de lui, le suppliaient d'alléger la fatigue de son corps meurtri, en se tournant quelques moments sur le côté.

« Laissez-moi, mes enfants, disait-il. Laissez-moi regarder le ciel plutôt que la terre et orienter déjà mon âme sur la route qu'elle doit suivre pour s'envoler à Dieu. »

A ces mots, le démon, l'homme de la

banlieue de Milan, se dressa devant lui.

« Va-t-en ! bête cruelle, s'écria Martin. Tu n'as en moi rien qui t'appartienne, démon maudit. Je m'en vais dans le sein d'Abraham. »

Il acheva à peine ces dernières paroles.

Doucement, l'âme s'exhala du corps épuisé. Alors, il y eut dans cette dépouille inanimée une soudaine transfiguration. On eût dit qu'il en sortait de la lumière. Un rayonnement de gloire illumina le visage. Le corps du saint anachorète parut blanc et frais comme celui d'un enfant. Le cristal est moins pur ; et l'ineffable beauté, qui enveloppait cette chair d'octogénaire, usée dans la pénitence et le travail, lui donnait comme un reflet de l'immortelle clarté dont resplendiront un jour les élus ressuscités.

Cette date inoubliable était le 11 novembre 397.

Ce fut un peuple entier qui se réunit aux funérailles de Martin. Le village de Candes fut envahi par une multitude de gens, venus de toutes parts. La population de Tours et des campagnes sembla s'être transportée en ce lieu à jamais vénéré. Non seulement des bourgs et des plus humbles villages de la Touraine, on accourut en foule à ces derniers honneurs rendus au saint archevêque; mais, les provinces voisines, le Poitou, le Berry, la Beauce et le Maine, y envoyèrent leurs députations. Plus de deux mille moines se trouvèrent rassemblés autour du monastère. En ce deuil universel, toutes les larmes se mêlaient. Pauvres et riches pleuraient ensemble : car, chacun perdait, dans l'homme incomparable qui venait de mourir, un bienfaiteur et un père.

La marche du cortège fut un triomphe. Poitiers avait, en vain, revendiqué l'honneur d'abriter dans ses murs le corps du moine de Ligugé. Une barque emporta jusqu'à Tours le cercueil de l'archevêque, sur cette Loire qu'il avait si chaudement aimée, et dont les bords, tant de fois bénis par ses miracles, gardaient, sur chaque roche et chaque touffe de gazon, la trace ineffaçable de ses pas.

On déposa la relique sacrée au cimetière chrétien de la ville, où, dans la suite, une église fut bâtie sur le tombeau du saint.

La capitale de la Touraine est restée, à travers les siècles, le rendez-vous des pèlerins du monde catholique à ce glorieux sépulcre. Mais, c'est à la France entière qu'appartient, dans l'impérissable hommage de la piété filiale, le souvenir de celui qui fut le grand saint Martin, apôtre des Gaules.

TABLE DES MATIÈRES

CHAPITRE I
Une Visite à Poitiers *(347)*

Le Christianisme à Poitiers. — L'évêque Maixent. — Le
Patricien Hilaire. — Visite de l'Archevêque de Trèves.
— Le Slave Martin. — L'hôte d'Hilaire..... **7 à 22**

CHAPITRE II
Le Passé de Martin *(317-347)*

Enfance de Martin. — L'Écolier de Pavie. — Dans l'armée. — Le manteau d'Amiens. — Démétrius. — Le Camp
de Worms. — Chez l'Archevêque de Trèves **23 à 42**

CHAPITRE III
L'Hospitalité d'Hilaire *(347-355)*

Villa patricienne. — Mort de Maximin et de Maixent. —
Hilaire, évêque. — L'exorciste Martin. — Souvenirs
d'Athanase. — Les Moines de la Thébaïde et de la Campagne romaine. — L'appel de Dieu en Pannonie. **43 à 56**

CHAPITRE IV
Au delà des frontières gauloises *(355-360)*

La traversée de France. — Dans les Alpes. — La banlieue
de Milan. — A Sabarie. — Mission illyrienne. — L'her-
mitage de l'Olona. — En route pour la Ligurie. —
Isola Gallinaria. — Les Reliques d'Agaune.. **57 à 78**

CHAPITRE V
Un Ermitage poitevin *(360-371)*

Un Confesseur de la foi. — Martin, prêtre. — Ligugé. —
Evangélisation des campagnes. — Les missions de

l'ouest. — Miracles de Martin. — Mort d'Hilaire. —
Missionnaire.............................. **79 à 98**

CHAPITRE VI

Evêque et Moine *(371)*

Une élection populaire. — Marmoutier. — Les disciples
de Martin. — Culte des Saints. — Paroisses rurales. —
Les pauvres. — La messe de l'Évêque...... **99 à 120**

CHAPITRE VII

Entre Loire et Moselle *(372-376)*

Vendôme et Chartres. — Chez l'Empereur. — La porte de
Paris. — Soldats du Christ. — Les Paraboles. — La
Mission gauloise......................... **121 à 142**

CHAPITRE VIII

De la Bourgogne aux Pyrénées *(377-386)*

Berry et Nivernais. — Au pays d'Autun. — Missions
bourguignonnes. — Tournées pastorales. — Episode
d'Avicien. — Martin médecin. — Concile de Saragosse.
— Diocèse d'Angers.— Concile de Bordeaux. **143 à 164**

CHAPITRE IX

Vieillesse de Missionnaire *(386-389)*

Les priscillianistes. — Empereur et Pontife. — Halte
d'Andethanna. — De la Moselle à la Seine. — Jours de
tristesse.— En Auvergne.—Paulin et Fédula.—L'Évêché
du Mans..................................... **165 à 186**

CHAPITRE X

La fin de saint Martin *(389-397)*

Dernières visites pastorales. — Brice. — La route d'Am-
boise. — Sulpice Sévère. — Derniers jours de Martin.
— Visite à Candes. — Maladie et mort de saint
Martin...............................—**187 à 221**

IMPRIM. LOUIS DUBOIS TOURS

www.ingramcontent.com/pod-product-compliance
Lightning Source LLC
Chambersburg PA
CBHW050356030726
47503CB00006B/1874